OPRIMIDOS

Rodolfo Borges

rodolfolpb@gmail.com

RODOLFO BORGES

OPRIMIDOS:
A OCUPAÇÃO DA REITORIA

1ª Edição

São Paulo

Rodolfo Lira Prado Borges

2019

Para minha família: Roberto, Clarice, Rodrigo e Clara

Para minha família: Roberto, Clarice, Rodrigo e Clara

A comunidade acadêmica não tem ilusões sobre sua importância. Pode ser que esse auto-reconhecimento seja, em parte, responsável pela disposição de tantos homens e mulheres de sofrer as vicissitudes de uma escala de pagamento incrivelmente caprichosa e injusta. Há alguma razão para a dedicação do educador; primeiramente, deve se originar de sua devoção ao seu trabalho. Mas em certa medida, ele é inquestionavelmente fortalecido pelo conhecimento de que, apesar dos julgamentos e penúria de sua existência, ele está moldando, mais diretamente do que os membros de qualquer outra profissão, o destino do mundo.
William F. Buckley Jr. , *God & Man at Yale*

— Eles são maus — recomeçou de súbito — porque não sabem que são bons. Quando souberem não irão violentar uma menina. Precisam saber que são bons, e no mesmo instante todos se tornarão bons, todos, sem exceção.
Fiódor Dostoiévski, *Os Demônios*

ELES ERAM BONS

1

Eles eram bons. Boas pessoas. Eles queriam o melhor para todo o mundo e para o meio ambiente. E para os deficientes mentais. E para as crianças — com ou sem câncer, mas especialmente para as crianças que tinham câncer. E os pobres e os sem-terra e os sem-teto e os criminosos, os condenados, os muçulmanos, os gays, negros, idosos, índios, haitianos e qualquer outra pessoa que lhes parecesse inferior. Eles não acreditavam em nada, mas se comportavam como se que o futuro da humanidade dependesse de cada uma de suas escolhas. Eles tomavam decisões por prazer, mas em tom de sacrifício. Eles queriam ter controle sobre tudo, e não tinham controle nem sobre eles mesmos. Eles sentiam culpa. Eles estavam ressentidos. Eles eram parecidos por motivos diferentes — e diferentes por motivos parecidos. Eles não comiam carne, carregavam as próprias canecas, reciclavam sacolas de supermercado, boicotavam companhias acusadas de trabalho escravo, apoiavam o casamento entre pessoas do mesmo sexo (ou sem sexo), protestavam por justiça social, protestavam por ações afirmativas, pela paz no Oriente Médio, contra a guerra no Iraque, contra o poder do capital, contra testes em animais, contra políticos, contra empresários, contra o imperialismo, o fascismo, *yankees, go home*! Francisco gostava especialmente de quando ela gritava o anacrônico *"yankees, go home"* com aquele sotaque de curso de inglês. E ela ficava tão atraente quando protestava pelo direito de fazer o que quisesse com o próprio corpo... Sim! Francisco também desejava fazer tudo o que quisesse com o corpo dela. Por isso, passou a rondar aqueles protestos barulhentos na universidade.

***

"Esses caras são loucos", disse Eduardo, esbugalhando seus olhos para Francisco enquanto seu magro dedo indicador apontava um grupo de cerca de 50 pessoas reunidas diante de um caminhão de som. O veículo estava estacionado em frente à imensa caixa de concreto que a comunidade universitária chamava de biblioteca.

Todos os prédios por ali eram grandes caixas de concreto com aspecto de inacabado, com exceção das construções mais novas, cujas paredes brancas e lisas destoavam do cenário soviético do campus. Poucos daqueles prédios, novos ou antigos, ultrapassavam os três andares de altura, o que mantinha um panorama rasteiro na Universidade Nacional do Brasil. O resto do campus, que não tinha limites demarcados por muros ou grades — ou regras, comentava-se com orgulho —, era preenchido por extensos gramados mal-cuidados e calçadas de cimento e brita castigadas pelo tempo. Chegava ao fim o primeiro semestre de Francisco e Eduardo como universitários. Eles atravessavam a fronteira entre o Orkut e o Facebook, no início do século 21, num momento em que os *smartphones* apenas iniciavam sua dominação sobre a espécie humana. Enquanto aquele grupo barulhento se reunia para definir o futuro do país ou algo do gênero, os dois calouros deveriam almoçar antes de se dirigir para a próxima aula. Mas ela estava lá, no meio daquela pequena e incômoda multidão: a Bunda — com o perdão da vulgaridade juvenil.

É claro que a menina não era apenas uma bunda redonda e protuberante cuja perfeição dispensava, naquela idade, qualquer tipo de esforço físico para manutenção. Ela era linda da cabeça aos pés e, mais do que isso, acumulava também uma presença magnética e uma personalidade serena e segura que, u-nidas àquele corpo perfeito, resultavam numa beleza irresistível e geralmente trágica. De longe, contudo, e aos olhos menos sofisticados, a bunda era sua porção mais expressiva.

A bunda é a parte mais expressiva do corpo de qualquer mulher, ensinava Francisco aos novos colegas de faculdade, na tentativa de cativá-los. Pós-graduado em bundas no curso *online* popularmente conhecido como Internet, o jovem Francisco achava que, se uma moça tem a bunda bonita, ela inevitavelmente vai ter um corpo bonito — talvez porque a avaliação dessa porção da anatomia feminina dependa da largura da cintura, que, quanto mais fina, melhor desempenha o papel de moldura para as nádegas. Mas como ele poderia ter tanta certeza da teoria sem testá-la na prática? Francisco não podia — nem queria — mais perder oportunidades de se aproximar daquele belo espécime.

Francisco sabia que Eduardo queria acompanhá-lo na empreitada, mas, para seu espanto, o amigo sentia mais fome do que tesão naquele momento. Enquanto partia em direção ao bandejão, Eduardo desejou sorte ao amigo e o questionou se uma bunda valia o preço de aguentar aqueles malas. Para Francisco, uma boa bunda valia qualquer preço. E, além do mais, ele tinha tomado uma decisão: enquanto universitário, era chegada a hora de ir a campo explorar o assunto. Aquilo era uma universidade e ele queria a experiência empírica. Francisco queria fazer ciência.

Enquanto se aproximava do grupo, evitando os buracos da calçada que cortavam o gramado alto e a terra seca que seus passos levantavam, Francisco revisou as estratégias de abor-dagem. Ele seria cativante. Irresistível. Tinha ensaiado o bastante para aquele momento. Durante anos. As possibilidades da conquista eram infinitas, e ele só saberia ao certo qual abordagem utilizar no momento em que estivesse frente a frente com a presa. Francisco se imaginou emulando a cena de uma comédia romântica a que assistira semanas antes: apostaria com a menina que conseguiria beijá-la sem encostar em seus lábios. "Vinte reais, topa?" Ela, intrigada, obviamente toparia. Então Francisco a beijaria, encostando seus lábios nos dela, emen-dando, irresistível, enquanto estendia os 20 reais, que tinha valido a pena perder a aposta.

Outra alternativa seria usar a velha tática de apanhar uma folha de papel do chão, bem ao lado da menina, e estendê-la como se ela a tivesse deixado cair. Ao abrir a folha dobrada, a Bunda se depararia com uma mensagem charmosa e irreverente o bastante para baixar a guarda. Não, essa alternativa daria muito trabalho. Talvez ele devesse chegar perguntando se aquele era o protesto contra as pessoas feias... Não, ia pegar mal... E que tal uma cantada mais honesta? "Eu poderia te perguntar as horas, ou se você tem um isqueiro... Mas eu tenho relógio e não fumo. O que eu queria mesmo era falar com você, sabe, mas como eu não encontrava um jeito, resolvi inventar estas bobagens..." Perfeito! A sinceridade é sempre o melhor caminho.

Ao se aproximar da pequena multidão, Francisco começou enfim a entender o que o cara que vestia a clássica camisa vermelha estampada com o rosto de Che Guevara gritava ao microfone do alto do caminhão de som.

"CAMARADAS, a gente tá aqui hoje pra deliberar sobre os nossos esforços pra EXTIRPAR as forças policiais do campus. Esta universidade não estará livre pra cumprir sua vocação acadêmica até que os estudantes e professores se sintam confortáveis para FUMAR O QUE BEM ENTENDEREM."

Os gritos desafinados e estridentes do camarada eram retribuídos com aplausos e outros gritos de apoio provenientes da pequena multidão. O único barulho que se ouvia na universidade naquela tarde — além de um ou outro grito de "CALA A BOCA" ou "VÃO EMBORA, SEUS DESOCUPADOS, EU QUERO ESTUDAR" vindo de dentro da biblioteca — emanava do grupo reunido ao redor do caminhão. Era uma hora da tarde e, apesar do clima ameno, o sol estava forte. O vento fresco mal amenizava o calor que fazia debaixo do sol, e o cara seguia gritando quando Francisco enfim alcançou o caminhão.

"A GENTE TÁ AQUI pra lutar pelos direitos daqueles 30 mil estudantes EGOÍSTAS que só conseguem pensar NELES MESMOS... Que só conseguem pensar nos PRÓPRIOS DIPLOMAS. Dois dos nossos amigos foram PRESOS fumando maconha no campus. Toda a comunidade acadêmica está DETIDA desde aquele dia. E, como a reitoria não parece ligar para o que a gente pensa sobre isso, mesmo depois de duas semanas de protestos diários, chegou o momento de dar o próximo passo: é hora de TOMAR O PRÉDIO DA REITORIA."

Apesar do clima ameno, Francisco estava completamente suado. Era a expectativa de conversar com uma mulher. Ele nunca tinha conseguido abordar uma mulher com sucesso. Nunca tinha tentado de verdade. Mas aquela era sua melhor oportunidade de se aproximar da Bunda após semanas de monitoramento à distância. Ele já tinha visto a menina em reuniões como aquela várias vezes, mas ela estava sempre rodeada de amigos, e a possibilidade de constrangimento público ao abordá-la o intimidava ainda mais do que a perspectiva do fora que ele tinha certeza de que levaria. Ali, contudo, no meio daquele grupo, ela não parecia estar acompanhada. Então Francisco foi se embrenhando entre os outros estudantes, tão suados quanto ele, e parou ao lado dela.

Deveria esperar o cara terminar o discurso? A Bunda parecia muito interessada no que o Che Guevara falava. Francisco aproveitou a própria hesitação para admirá-la de perto. De muito perto. Ela cheirava bem. Era melhor ir embora. Aquilo não ia dar certo. Quem Francisco pensava que era? Uma menina como aquela nunca ia se interessar por ele. Enquanto a multidão dirigia os olhares para o teto do caminhão de som, de onde o líder revolucionário seguia gritando, Francisco acariciava a pele macia de sua presa com os olhos... Ela usava sandálias e um vestido hippie, de tecido leve e multicolorido, que caía sobre seu corpo destacando as curvas. Francisco saboreou de perto cada detalhe daquele corpo até que seu olhar foi flagrado por um par de esferas verdes assustadas. Seu coração acelerou e ele sentiu o suor escorrer pelo rosto. Era hora de correr, mas ele só conseguiu gaguejar.

"Eh... Vo-vo-cê saaaabe o que que, que tá acontece-cendo a-aqui?"

"Oi? Ah, a gente vai votar sobre a ocupação da reitoria."

"Ah… Le-legal. Por… por causa da polícia, né?"

"É, eles são uns babacas truculentos", ela disse, virando o rosto de volta para o Che.

"São. Uns babacas… Demais… Eles…", Francisco arriscou, mas ela não estava mais prestando atenção. Ele precisava gritar para competir com o líder revolucionário. "EU PODIA PERGUNTAR AS HORAS."

"Oi? Uma e quinze."

"Não! Eu disse que PODERIA te perguntar as horas, MAS EU TENHO RELÓGIO."

"Como é?"

Ela não conseguia ouvir direito. Ou simplesmente não conseguiu entender o que Francisco estava querendo dizer. Nem ele entendeu. Que idiotice foi aquela? Qualquer chance com essa menina morria ali. E daí que ele tinha um relógio? Como é que uma cantada como aquela poderia funcionar? Essa tinha de ser riscada do livro de cantadas, era preciso avisar a todo mundo: não funciona! E aquele Che Guevara precisava gritar tão alto? Não se usa microfone e caixa de som exatamente para não precisar gritar? Apesar do fracasso da abordagem inicial, Francisco não podia perder aquela oportunidade, então chegou mais perto da Bunda e, quase tocando sua orelha com a boca, perguntou:

"A-a gente já se viu antes?"

"Hmmm… Eu acho que não", ela disse, enquanto inclinava o corpo para trás e apertava os olhos com um meio sorriso lindo para investigar o rosto de Francisco. Francisco estendeu mão.

"Francisco. E você é…"

"Sara. Prazer."

Ela apertou sua mão, e ele podia continuar tocando aquela pele macia pelo resto do dia, escorrendo seus dedos pelos braços de Sara até os ombros, subindo pelo pescoço até segurar a cabeça da menina entre as suas mãos e, com os cabelos dela entre os dedos, puxá-la levemente em direção ao próprio rosto, para o primeiro beijo dos dois… Mas Sara puxou o braço e encerrou o aperto de mãos, despertando o jovem apaixonado do transe.

Era difícil não olhar pra aquela mistura de cabelo escuro, de um preto muito forte, e olhos verdes num corpo de 17 anos. O desafio era admirá-la sem que ela percebesse, e Francisco notou incomodado que tinha mais gente por ali nesse jogo de esconder o olhar. Ele queria saber o que Sara estudava e perguntar se seu namorado também era aluno da universidade, só para que ela respondesse que não, não tinha namorado. Mas era hora de votar sobre a invasão da reitoria, anunciava o Che.

Durante o processo de votação, Francisco ficaria sabendo que alguns de seus colegas de universidade se sentiam muito ofendidos desde que dois usuários de maconha foram presos no campus. Para as pessoas reunidas ali, os maconheiros não estavam fazendo nada de errado — aliás, era errado chamá-los assim. Os estudantes que foram pegos fumando só ficaram detidos por algumas horas, mas, para o Che, até que a polícia fosse banida do campus, é como se todo mundo ali, inclusive o próprio Francisco, ainda estivesse preso. Quando o dono do microfone perguntou quem era a favor da ocupação da reitoria, todo mundo levantou a mão. Inclusive Francisco. Depois de mais gritaria, a turma começou a repetir, também aos gritos, "OCUPA, OCUPA, OCUPA E RESISTE. OCUPA, OCUPA, OCUPA E RESISTE", e se dispersou. Francisco colou em Sara.

"Qualé a do Che Guevara?"

"Você não conhece o Gabriel? Você é novo por aqui, né? Ele é o presidente do DCE. Um superativista. Perdeu os pais quando tinha só cinco anos. Foi criado pela avó e morou um tempo na rua antes de passar no vestibular. Acho que a avó dele ainda trabalha numa casa no interior, como doméstica. Ele manda metade do dinheiro da bolsa de iniciação científica pra ela todo mês."

Francisco se enganara. Não era Che Guevara que falava ao microfone de cima daquele caminhão. Gabriel estava mais para Jesus Cristo. Francisco já tinha ouvido falar daquele encrenqueiro. Talvez aquele cara até estivesse no grupo que tinha tomado metade de sua aula de Introdução à Comunicação dias antes. Sim, era ele, o calouro se deu conta.

O grupo de cinco ativistas queria expor a falta de diversidade de cor, de classe social e de gênero na universidade para iniciar um debate. Eles se posicionaram em frente ao quadro negro para falar aos outros estudantes. A professora disse que aquela não era a hora para esse tipo de debate. Ela precisava cumprir o cronograma da disciplina, e eles deveriam marcar um outro horário para discutir com a turma. Um dos responsáveis pela intervenção concordou e disse que eles podiam marcar um outro horário, mas desabafou: esse tipo de assunto não deveria ser debatido em um horário pré-estabelecido, "porque todo mundo fala isso: não pode ser na minha aula, não pode ser no meu horário, não pode ser no meu jornal, na minha universidade". O rapaz — que Francisco identificara como o revolucionário do caminhão — questionou a professora se a aula dela era mais importante do que a questão racial, e Eduardo, o melhor amigo de Francisco naquele início de vida universitária de ambos, perdeu a paciência.

"Eu quero ter aula. Estuda e entra na universidade", provocou.

"Você acha que é fácil? Queria ver você dizer isso se fosse mulher e preta na periferia", respondeu indignada uma moça com cabelo black power que estava entre os interventores.

"Não precisa se vitimizar. Eu só quero ter aula", retrucou Eduardo.

"Não é vitimização. Você estudou onde?"

Eduardo tinha estudado em uma boa escola particular, assim como Francisco.

"E o papai pagou quanto por esse colégio?", provocou a moça.

"O papai trabalhou muito pra pagar pela minha educação e eu me orgulho muito disso", respondeu Eduardo.

"Gente, eu acho que ele quer saber como é ser preto na periferia", rebateu a menina.

"Eu não quero saber, eu quero ter aula de Introdução à

Comunicação. Vocês podem dar licença?"

"Parece que a nossa presença incomoda ele. O preto sempre incomoda, ainda mais em um lugar como este, onde não se espera pretos".

"Eu não tenho nada contra a sua presença aqui, desde que vocês permitam que a professora continue a aula. Eu não me acho diferente de vocês, nunca pratiquei racismo."

"Você não é igual a mim. Ninguém aqui, de pele branca e que estudou em escola particular, é igual a mim. Você foi muito bem treinado para entrar nesta universidade. Eu não tive a mesma oportunidade."

"Tem um cursinho de graça aqui na universidade. Vocês podem procurar."

"Tá querendo ensinar a gente a ser negro?"

"Eu não quero ensinar nada pra ninguém."

"Olha aqui em volta, nesta sala, e me diz quantos aqui são pretos."

"Eu me considero igual a todo mundo."

"Mas não é. Quem tá morrendo é preto. Pede pra polícia considerar todo mundo igual, todo mundo humano. Pede pra polícia deixar de matar a gente, porque a gente vive uma guerra."

"Olha o que vocês tão falando! Vocês acham que vão resolver alguma coisa assim? Invadem uma aula e começam a falar um monte de baboseira. Marca um horário e quem quiser aparece lá pra discutir", sugeriu Eduardo, que tinha levantado de sua carteira e discutia de pé, no meio dos colegas.

"Esta universidade é branca. Vamos conversar aqui sobre racismo. Eu tiro meu tempo pra vir discutir aqui e você me chama de radical. Radical é o sistema, amigão! Vocês querem marcar horário pra discutir racismo, mas os seus empregados não podem marcar horário. Racismo pra eles é toda hora. Aprende o seu lugar de fala! Quando o oprimido fala, o opressor cala a boca", desabafou a ativista do movimento negro

A discussão não avançou além disso. A professora interveio para acalmar os ânimos e o grupo de ativistas saiu para propor seu debate em outra sala de aula.

***

Gabriel Armeno liderava ou estava entre os líderes de todos os protestos no campus. Ele morava na Casa do Estudante e era pobre — portanto, era considerado melhor do que todos por ali. A pobreza purificava a alma e as intenções de Gabriel aos olhos da comunidade universitária. Era de bom tom se preocupar com ele. Era legal gostar dele e reconhecer seus esforços para sobreviver no mundo injusto, mas ele não saía muito com os outros estudantes. Gabriel não tinha dinheiro. As más línguas comentavam que ele entrara na universidade por meio das cotas raciais "mesmo não sendo tão negro assim", mas esse era um assunto delicado demais, e Francisco estava mais interessado em Sara ao final da votação sobre a ocupação da reitoria.

Enquanto os dois andavam pelo gramado da universidade e Francisco tentava manter a atenção da menina, falando genericamente sobre suas ambições enquanto aspirante a jornalista, Sara puxou um cigarro de maconha da bolsa de pano. Ela acendeu o baseado, como se fosse a coisa mais banal do mundo, tragou e ofereceu a Francisco. Ele nunca tinha feito aquilo, mas não era hora de fraquejar. O calouro pegou aquele papel amassado e molhado de saliva como se estivesse acostumado a fazê-lo e tragou. Francisco teve uma crise de tosse. Sara sorriu. Foi a primeira vez que Francisco se sentiu envergonhado por ter demorado tanto tempo para fazer algo que não deveria ter feito. O jovem levou alguns segundos para se recuperar da tosse enquanto explicava que estava acostumado a um tipo de erva mais pura, que um amigo seu trazia dos Estados Unidos. Quando Francisco se preparava para fazer a pergunta sobre possíveis namorados a Sara, sua musa se adiantou.

"Olha, foi um prazer te conhecer, mas eu preciso encontrar umas amigas no RU, eu ainda não almocei."

"Ah, eu tam-bém preciso comer...", arriscou Francisco.

"Você pode sentar com a gente, se quiser."

Claro, claro que ele queria. Francisco mandou uma mensagem para o celular de Eduardo pedindo que ele assinasse seu nome na lista de chamada. No caminho para o Restaurante Universitário, ele ficaria sabendo que Sara também estava no primeiro ano de universidade. Ela estudava antropologia e sabia exatamente como o mundo deveria ser.

"A gente não precisa de homens pra se defender. Quer dizer, não é que a gente esteja dispensando ajuda, mas as mulheres podem falar por si mesmas. Tudo bem se um homem quer ser feminista, mas tem um limite. Afinal de contas, a gente luta contra a dominação masculina há séculos."

Francisco concordou, ela estava absolutamente correta, apesar de naquele momento ele desejar desesperadamente que Sara precisasse dele de alguma forma. Francisco concordou e perguntou, do alto de sua impotência masculina, como ele — ou seja, como um homem bem intencionado — poderia ajudar as mulheres nessa empreitada contra eles mesmos. Como um homem feminista deveria agir, Sara?

"Saiam do nosso caminho. Na semana passada eu postei no Facebook um artigo sobre como é namorar um homem feminista... Acho que ele resume tudo. Foi escrito por uma jornalista estadunidense. Ela conta que vai se casar com um feminista e mostra como isso é maravilhoso, porque ele tá criando a filha dela — ela tem uma filha de outro casamento — pra ser uma feminista. Ele entende que ela é dona do próprio útero. E ele também não adota estereótipos de gênero na relação e não faz piadas sexistas. Ele entende que a aparência física dela não é perfeita, e nem liga pra isso. No último Dia das Mulheres, ele até mandou uma mensagem de texto pra ela dizendo que 'o mundo não deveria precisar de um dia como esse para chamar atenção para os direitos das mulheres, mas vamos seguir lutando, para que um dia...'. Não é fofo? Ele foi criado pela mãe e por quatro irmãs mais velhas. Deve ser por isso que virou um cara tão sensível. Eu acho que uma mulher não pode ser feliz hoje em dia namorando um homem não-feminista."

Quanta bobagem, Sara... Que tipo de canalha manda uma

mensagem demagógica dessas para a própria noiva? E a mulher ainda cai... Esse feminista aí deve estar traindo a mulher, isso sim. Era o que Francisco teve vontade de dizer para Sara. Mas ele ficou calado. Não podia dizer nada daquilo. Francisco tinha acabado de virar um feminista.

Quando chegaram ao restaurante — outra grande caixa de concreto com três andares, mas, ao contrário da biblioteca, vazada por amplas janelas de vidro — os dois encontraram as amigas de Sara. Júlia era uma menina alta e magra com longos cabelos castanhos encaracolados e óculos grossos. Ela também estudava antropologia e não parecia disposta a sorrir. Júlia fazia um par divertido com Danúbia, uma estudante gordinha — em público, o correto seria dizer "fora de forma" ou "acima do peso", mas o mais vantajoso, aprenderia Francisco durante aquelas semanas, seria fingir que nem notou os quilos a mais e, caso apareça uma oportunidade, afirmar que ela deve se sentir bem assim, da forma como está, por pior que ela se sinta por não conseguir perder peso — de serviço social que, por estar usando um vestido cinza de tecido grosso, se assemelhava a um simpático e sorridente botijão de gás. Bem-humorada, Danúbia costumava repetir exaustivamente comentários autodepreciativos, e se apresentou a Francisco dizendo que seus cabelos, pintados de verde, eram "radioativos". Júlia e Danúbia queriam saber como tinha sido a votação realizada minutos antes e ouviram de Sara que "todo mundo votou pela ocupação". A ação estava marcada para ocorrer em uma semana.

Após se servir do cardápio simples de feijão, arroz e carne que tinha passado a evitar depois de três meses comendo a mesma coisa todo dia, Francisco se sentou com sua bandeja na ponta de uma longa mesa azul rodeada por cerca de 30 cadeiras no segundo piso do prédio de três andares, e notou que era o único ali sem sua própria caneca. Júlia olhou para ele e para o copo plástico onde estava seu refresco como se flagrasse o momento em que um caçador esfola um bebê foca.

"Você sabe quantos anos o plástico leva para se biodegradar?"

Francisco não sabia. E nem viria a saber, porque Sara chegaria com sua bandeja a tempo de salvá-lo, dirigindo uma pergunta mais urgente a Júlia.

"Quantos dias vocês acham que a gente vai precisar passar dentro da reitoria?"

"Geralmente o pessoal ocupa o prédio por quatro ou cinco dias, dependendo do compromisso das pessoas envolvidas com a causa e da resistência da direção da universidade. Mas no ano passado, durante a mobilização por eleições paritárias, cem estudantes ficaram na reitoria por 20 dias. A galera ficou lá dentro até o reitor renunciar", relatou Júlia, em tom professoral.

Sara se espantou com os 20 dias. Seus pais estavam planejando uma viagem para Orlando dali a menos de três semanas, e ela não tinha como deixar de ir. Júlia não perdoou.

"Disney, Sara? Sério?"

"Ai, Ju, minha irmã tá pedindo essa viagem desde o ano passado, quando meus pais fizeram questão de ir pra Portugal. Ela adora aquilo, tem um parque novo lá, eu acho. As crianças são muito pressionadas pela mídia, você sabe disso. E os meus pais adoram a Disney, a gente já foi pra lá umas três vezes. Vocês sabem que eu odeio os Estados Unidos, mas não tenho como dizer 'não' pro meu pai."

A conversa seguiu com condenações sobre a forma como a mídia conduz todo mundo a pensar a mesma coisa, "especialmente no Brasil", acrescentou Francisco — repetindo o que tinha ouvido de um professor na semana anterior —, "onde tão poucas famílias controlam tantas emissoras de rádio e televisão e monopolizam os jornais". Todos concordaram e Danúbia se sentiu confortável para fazer uma pequena confissão: visitou todos os parques de Orlando durante as comemorações de seu aniversário de 15 anos, porque "é o que a gente faz nessa idade, gente". Enquanto expiava os pecados, a agitada Danúbia não parava de arrumar o apertado vestido que, aos olhos de Francisco, parecia evitar que seu corpo se espalhasse pelo chão. Todos concordaram que aos 15 anos era mesmo inevitável ir para Orlando. Francisco imaginou Danúbia como uma princesa da Disney.

***

Francisco não tinha ideia do que queria fazer pelo resto da vida quando se inscreveu para o vestibular. Do que a gente sabe aos 17 anos? Mas a escolha se impõe, e talvez por isso boa parte dos universitários acabe sem seguir a primeira carreira escolhida. Naquela época, mais do que no próprio futuro profissional, Francisco pensava em ser diferente. Ele não queria mais ser o menino esquisito. O garoto tímido de quem as pessoas só se aproximavam por pena, que sentava no fundo da sala e cujo nome os professores não costumavam lembrar. O virtuose do videogame que não tinha com quem compartilhar os sucessos virtuais das madrugadas de fim de semana trancadas dentro do quarto. O espirituoso personagem de salas de bate-papo virtual que não tinha coragem de mostrar o rosto em público. O adolescente desajeitado que não sabia jogar futebol ou qualquer outro esporte e que não era bonito ou inteligente o bastante para chamar a atenção de uma menina. Francisco era a vítima perfeita da ingênua crueldade juvenil. Foram exatos 12 cuecões ao longo do colegial. Eram momentos de constrangimento extremo, mas também de contato com os outros, de atenção, de interação, de protagonismo, e essa agitação inesperada embaralhava seus sentimentos em relação àquela violência boba. Pelo menos naquelas ocasiões os colegas mais populares deixavam de fingir que ele não existia. Francisco precisava de amigos, mas não conseguiria fazê-los naquele colégio. Não enquanto fosse Cheiroso, o menino que, na sétima série, se envolveu num traumático episódio dentro do vestiário que o assombraria durante todo o período escolar. É o tipo de coisa que a turma não esquece. Seus pais acharam exagerado trocá-lo de colégio por algo que eles consideravam uma bobagem, uma banalidade, e não o que realmente era: o evidente sepultamento público da sua reputação. Além do mais, a mãe de Francisco conseguira um desconto na escola e trocar o garoto de instituição era um luxo a que aquela família não poderia se dar.

Se a vida viesse com um manual, filosofava Francisco, o livro deveria conter um capítulo só para instruir sobre as melhores formas de lidar com um apelido. Entre as dicas básicas estariam estratégias como 1) não demonstrar incômodo, 2) mudar o foco do antagonista ou 3) enfraquecê-lo e neutralizá-lo com um apelido ainda mais desmoralizante. O problema é que, ainda que se siga o manual à risca — o que seria praticamente impossível, devido ao elevado controle emocional necessário —, e que o alvo da brincadeira tenha a presença de espírito exigida para reagir no momento oportuno, não existe garantia de que se possa vencer o apelido, porque sua existência não depende apenas da vontade do Tetinha, do Motoboy, do Gordo, do Chupeta de Baleia ou do Cabeção, mas do seu autor e das pessoas ao redor. A universidade era a primeira chance para Francisco recomeçar. Cheiroso deveria ser esquecido dentro daquele vestiário onde nasceu.

Quando Francisco estava prestes a prestar o vestibular, ouviu que quem gosta de escrever e não pretende ver números novamente ao longo do resto de sua vida definitivamente deveria optar pelo curso de jornalismo. Ele não precisaria dos quatro anos de estudo que lhe renderiam o diploma para perceber que jornalismo não é exatamente o que tinham lhe dito — e muito menos aquilo que se ensina na Faculdade de Jornalismo. Enquanto se é universitário, contudo, o futuro não importa. Você cumpriu o seu destino ao conseguir entrar numa universidade pública, superando milhares de concorrentes e, como está poupando um caminhão de dinheiro aos seus pais, os anos que passará ali serão perfeitos — talvez por isso tantos estudantes adiem a formatura por tanto tempo. Além do mais, a depender do curso, o universitário não vai precisar tocar em um único livro sequer para se formar, o que torna a aventura ainda mais divertida.

Francisco ganhou um carro do pai quando passou no vestibular. Como o velho poderia resistir? "Na primeira tentativa, Afonso? Esse menino é um gênio!", ouviu o orgulhoso pai do irmão Aroldo. A avó de Francisco foi mais direta no elogio: "Que bela educação você deu a esse menino, meu filho." Se o pai estava orgulhoso e enxergava no filho o aprimoramento de sua linhagem, o que dizer do autor do feito? Francisco flutuava. Não apenas por se ver longe dos seus algozes do colégio — inebriado pelo sabor da vitória, ele pensava que aqueles imbecis nunca conseguiriam passar no vestibular —, mas por ter se livrado do peso do fracasso iminente que se anuncia a todo estudante no momento em que ele entrega a prova do vestibular ao fiscal. Não foi fácil para ele. Nada era. Francisco estudou numa das melhores escolas da cidade, famosa nacionalmente pela aprovação em universidades públicas. Obviamente que as mensalidades do colégio eram caras, mesmo com o desconto conseguido pela mãe, e seus pais sempre fizeram questão de destacar isso, ainda que de maneira sutil, como quando deixavam a fatura em cima da mesa ou praguejavam genericamente sobre o preço da educação no país. Era muita pressão. Não se pode falhar se os seus pais estão fazendo de tudo para evitar que isso aconteça. E digamos que Francisco não passasse no vestibular, em nenhuma das três ou quatro tentativas, como ocorreu com muitos dos seus colegas de colégio. Mesmo incomodados pelos escorchantes preços da educação nacional, seus pais seguiriam bancando os estudos do filho numa faculdade particular. E a única coisa que ele tinha de fazer para evitar esse gasto extra era se dedicar o bastante para vencer algumas milhares de pessoas e passar numa maldita prova. Francisco passou. Ele merecia os pais que tinha.

***

Depois do almoço com as novas amigas, Francisco deveria se dirigir à aula de Introdução à Sociologia, a segunda agendada para aquela tarde. Mas Júlia tinha uma sugestão melhor. Francisco poderia continuar ao lado de Sara, desde que fingisse interesse em acompanhar as três amigas até a sala de aula do professor Augusto Canaglia, com quem elas e os líderes do movimento contra a polícia no campus discutiriam a ocupação da semana seguinte. Francisco mandou uma nova mensagem pedindo a Eduardo para assinar seu nome mais uma vez na lista de chamada e, a caminho da sala de aula de Canaglia, ficou sabendo como funcionava uma ocupação.

"Dizem que depois que você entra, só pode sair uma vez", arriscou Sara, sondando a amiga mais experiente. "Os seguranças fecham a entrada. Então, se você quiser ficar até o fim, tem de ser sem tomar banho... Ju, eu sei que a causa é importante, mas não sei se consigo ficar mais de dois dias sem banho."

"Não é assim tão dramático, Sarinha. Você não acha que se livrar da polícia é mais importante do que o próprio conforto? Fazer uma revolução não é confortável. É preciso sacrifício. E vai ser apenas por uns dias. Esse reitor é um frouxo. Você vai aprender muito com essa experiência, muito mais do que com qualquer aula que tiver nesta universidade, qualquer livro que tiver de ler... Eu sou uma pessoa completamente diferente depois de ocupar a reitoria no ano passado. Além do mais, nada se compara ao sentimento de mudar o mundo, de fazer a diferença", disse Júlia, tentando cativar a amiga.

Até que Júlia era gostosinha, pensou Francisco. Muito magra, quase sem quadril, mas com seios grandes, que ficavam ainda maiores graças ao contraste com seu corpo esguio. É preciso certa educação estética para admirar uma mulher além das formas mais triviais, e isso, a exemplo do que acontece com a música ou as artes plásticas, só se adquire com o tempo. Frequentando, explorando diferentes corpos... Por mais feia que pareça a um olhar ignorante, a mulher sempre vai ter, mantidas suas proposta e pretensão, uma beleza a se admirar, seja na falta de harmonia cubista de suas formas físicas ou no dadaísmo de seus hormônios. Naquela época, contudo, a atração de Francisco pelo sexo oposto, assim como a de qualquer jovem, era mais instintiva e limitada pelo fato de que ele nunca havia estado com nenhuma delas a sós. Talvez Júlia tenha começado a atraí-lo quando, durante o caminho para a tal aula de Canaglia,

Francisco ficou sabendo que ela, uma menina pelo menos dois anos mais velha do que ele, dividia uma república com Danúbia. Isso significava que sua pesquisa de campo sexual poderia lograr mais êxito naquela seara do que com Sara, que ainda morava com os pais. Pela forma fria como Júlia o tratava, contudo, a lembrança do copo de plástico que ele usara no almoço ia demorar para se biodegradar na memória da menina.

Enquanto dividia discretamente seus olhares entre a bunda de Sara e os seios de Júlia, pensando no que ia fazer no banheiro com todo aquele material quando chegasse em casa, Francisco ouvia a veterana de invasões dizer que o movimento por eleições paritárias na universidade no ano anterior conseguira mudar as regras para a escolha do reitor. Na eleição seguinte ao movimento Ocupa Reitoria, os votos dos estudantes, dos professores e dos funcionários da universidade tiveram o mesmo peso — até então, os docentes representavam 70%, enquanto os alunos e servidores ficavam, cada um, com 15%. A mudança deu maior relevância à participação dos estudantes na escolha, por serem mais numerosos. O novo modelo eleitoral foi determinante para a eleição do professor Justino Cadabra, da Faculdade de Direito.

"É a democracia", resumia Júlia no momento em que eles chegavam à aula de Fundamentos do Marxismo do professor Augusto Canaglia, localizada em um prédio multiuso de apenas um piso, composto por 30 salas que se estendiam por um longo corredor.

A sala da aula era simples, como todas as outras espalhadas pelo campus: algumas carteiras de ferro e madeira surradas e uma mesa de madeira grossa, para o professor. Atrás da mesa, um quadro negro maltratado pelo tempo exibia em giz apenas a expressão "materialismo histórico". Dois ventiladores pendurados na parede escoltavam as extremidades do quadro negro e tentavam heroicamente dissipar o calor que fazia ali dentro — a parede oposta à porta era feita de vidro fosco e, àquela hora da tarde, já recebera impiedosos raios de sol durante horas. A maior parte dos cerca de 20 alunos que assistiam à aula não parecia dar a mínima para o que dizia o tal professor Canaglia, um careca cabeludo, desses sem cabelo no topo da cabeça, mas com mechas reunidas em um rabo de cavalo. Fora de forma e com marcas de espinha no rosto, Canaglia dava a impressão de estar em seu ambiente natural. Era cativante e se dirigia aos alunos com muita desenvoltura. Já sem Danúbia, que deixou o grupo por algum compromisso ao qual Francisco não tinha dado a mínima atenção, Sara, Júlia e ele entraram na sala tentando não fazer barulho e se acomodaram no fundo, onde encontraram Gabriel e outros dois estudantes que haviam participado da votação pela invasão da reitoria. O professor falava com empolgação.

"Quem detém os meios de produção? Alguém se arrisca? Deixa comigo, então: o capitalista. E o proletário? O proletário detém a mão-de-obra. E o incrível dessa história, meus queridos, é que quem produz a riqueza não tem acesso a ela. É horrível! Você trabalha na Ford, na BMW, na Ferrari, mas não consegue comprar nenhum desses carros. Isso não revolta vocês? A revolta já é um bom começo, porque o revoltado faz a revolução. Mas o proletário, sozinho, não saberia adquirir a consciência de classe. Ele trabalha para o empresário, que lucra demais com a força desse homem humilde e remunera seu esforço com um trocado. Vocês sabem como eu chamo isso? Isso é roubo. E o trabalhador hoje não está mais pedindo nem por benefícios, por vale transporte, por vale alimentação. Ele pede apenas para conseguir voltar para casa vivo... É preciso ajudar esse trabalhador a perceber o regime de opressão a que ele foi submetido. Uma sociedade sem classes sociais... Esse era o desejo de Marx. Sem ricos, sem pobres, sem milionários, sem miseráveis... Pessoas iguais, sem Estado... 'Mas, professor, isso é uma anarquia', você vai dizer. Meu querido, isso é um discurso ideológico pra te prender. Vamos acordar! A anarquia não é bagunça, não é essa confusão que se pinta por aí. A anarquia é apenas uma forma de conviver sem um poder centralizado, um sistema por meio do qual a comunidade decide, de comum acordo, o que é bom para todos. É preciso se preocupar com os outros. Porque, se for cada um por si, nada vai funcionar. O indivíduo não existe sem a sociedade. Aqueles que mais têm são os que mais precisam colaborar. Quando eles não entendem isso, ocorre a revolução. E vocês? Conseguem entender? Se não conseguiram, vão entender no *História e Consciência de Classe*, do Lukács. Tirem as cópias do capítulo que eu deixei na pasta da disciplina e venham preparados para debater. Até a próxima aula!"

Enquanto a maior parte da turma se arrumava com para sair com a mesma vontade de um condenado à morte que vê abrir-se a porta de sua cela, um aluno sentado na primeira fileira levantou a mão para perguntar se o professor iria dar apenas metade da aula naquele dia.

"Sim. Hoje a gente avançou até demais. Vocês podem tirar o resto do tempo para começar a ler o Lúkacs. Mas não vão se cansar, hein? Aproveitem este momento na universidade. Às vezes a gente fica bitolado demais com os estudos."

"Mas, professor, a ementa diz que a gente deveria ler e debater o assunto em sala de aula. Eu trouxe a minha cópia", disse outra aluna.

"Não se apeguem tanto à ementa. É apenas um guia para o semestre", respondeu o professor, que esperou seus alunos deixarem o recinto antes de convocar o grupo de revolucionários concentrado no fundo da sala a ocupar os lugares mais próximos de sua mesa.

"Gabriel, quantos a gente tem?", perguntou o professor.

"Cinquenta confirmados, mas estamos trabalhando para conseguir mais gente."

"Bom, bom... E quem é este simpático jovem?", disse o professor, sorrindo desconfiado para Francisco.

"Eu... Eu me chamo Francisco Pedroso de Hollanda. Eu... Eu estudo jornalismo."

Francisco sentiu que seria desmascarado naquele momento. Ele não tinha nada a ver com aquela história. Só queria conhecer umas meninas, apenas se divertir. Será que o professor lhe aplicaria um teste? Era preciso passar por alguma provação para frequentar aquele grupo? Ele não sabia nada daquilo de marxismo, nunca tinha participado de qualquer movimento social. Era melhor confessar antes que o professor começasse a tortura psicológica. Ou a tortura seria física? Como Francisco tinha ido parar ali? O jovem se martirizou durante intermináveis nanossegundos até que Sara apareceu mais uma vez em seu socorro.

"Ele é um dos nossos, Augusto. Votou pela ocupação."

"Ótimo! Bem-vindo ao movimento... Francisco, não é? A gente precisa de toda a ajuda possível contra a presença truculenta da polícia no campus", disse o professor, cuja mão suada Francisco foi forçado a apertar. Canaglia se virou novamente para Gabriel. "Estou tentando conseguir mais assinaturas dos professores para o manifesto contra a polícia. Eu já li pra vocês? Não? Bem, escutem", ele disse, desdobrando uma folha de papel que tirara do bolso. "Todos estão cansados de saber que, dentro ou fora do campus, a polícia não existe para proteger ninguém. Pelo contrário, eles reprimem, torturam e matam trabalhadores em todo o mundo. Cemitérios clandestinos estão espalhados por toda a cidade, e ninguém ouve da polícia propostas para solucionar, por exemplo, casos de estupro."

O professor Canaglia continuou a ler seu manifesto, com pequenas pausas entre uma frase e outra para conferir a reação do grupo. Ou talvez fosse melhor dizer, como notou Francisco, que o professor parava para checar a reação de Sara.

"A segurança no campus deve ser responsabilidade apenas dos membros da universidade: estudantes, professores e funcionários. Defendemos que um comitê formado por essas categorias, eleitos em assembleias democráticas de cada grupo, sejam treinados e liberados de suas atividades por um determinado período do dia para cuidar da segurança do campus e...", lia o professor quando foi interrompido por uma voz vinda da porta.

"Ainda envenenando a molecada, Canaglia?", disse um homem de cabeça completamente raspada, aparentemente da mesma idade de Canaglia, em torno de 40 anos, mas em melhor forma física. Ele usava camisa social por dentro de calças jeans e um blazer azul marinho. O homem soou amigável, mas Canaglia não demonstrou ter gostado da piada.

"Alguém tem que contar a esses jovens como o mundo funciona, Prudente", disse Canaglia, esboçando um sorriso.

"Ah, eu tenho certeza de que é maravilho, esse seu mundo, professor", respondeu aquele que Francisco viria a saber minutos depois se tratar de Gustavo Prudente, professor do Departamento de Economia.

A próxima aula naquela sala era de Prudente e, apesar de o economista dizer que chegara mais cedo e que o grupo de Gabriel poderia seguir ali enquanto ele arrumava seu material na mesa, Canaglia preferiu deixar o local.

"Vamos terminar lá fora, pessoal. O professor Prudente merece tranquilidade para preparar sua aula", disse Canaglia.

Após guardar o manifesto contra a polícia em meio ao seu material de aula, Canaglia cumprimentou Prudente com um breve aceno de cabeça e deixou a sala. Do lado de fora, o marxista disse aos estudantes que o assunto estava encerrado por hora e se despediu pedindo a todos que intensificassem a busca por apoiadores.

A perspectiva de participar de uma empreitada coletiva começava a animar Francisco, mas a principal questão naquele momento — e nos dias que se seguiriam — era como ele evitaria perder contato com Sara. Francisco perguntou a ela quais seriam os próximos passos e ouviu que todos deveriam ajudar Gabriel na convocação de mais gente para ocupar a reitoria. Com discrição, para não estragar o elemento surpresa. Foi demonstrando preocupação com a causa que Francisco conseguiu o número de telefone de Sara. O mais novo militante político do pedaço ficou sabendo ainda onde iria encontrar sua musa no dia seguinte. O Diretório Central dos Estudantes tinha agendado um debate sobre o caso Maria Sebastiana, do qual Francisco só se lembrou ao identificá-lo como o "caso da babá que afogou um bebê". Sara enxergava a questão de outra forma. "É a história de uma babá que foi envolvida por uma teia de preconceito e discriminação na morte de um bebê. A Maria é negra, mulher e homossexual, o que obviamente fez dela o alvo perfeito nesse caso. Ela virou bode expiatório da família rica para a qual trabalhava e estamos juntando gente para pressionar a Justiça pela libertação dela", resumiu a menina.

O debate não atraía Francisco tanto quanto a possibilidade de ação na reitoria, mas Sara estaria lá. A Bunda! A bunda, que ele discretamente observou se afastar, na esperança de registrar mentalmente mais essa perspectiva, que o permitiria sobreviver aos momentos em que eles permaneceriam separados. As poucas horas em que estariam separados a partir daquele momento, ele torcia. E, talvez inebriado pela expectativa desse futuro ou envolvido por aquele sentimento de compaixão pelo mundo que faz que um grupo de pessoas se reúna em torno de uma causa qualquer, Francisco fez naquela tarde a sua primeira boa ação. Ou pelo menos a primeira boa ação que lhe dava a consciência de que ele fazia o bem, de que ele poderia ser uma pessoa boa como aquelas que tantas vezes vira protestar.

No caminho de volta para a Faculdade de Jornalismo, Francisco passou por um grupo de três estudantes que apontavam e debochavam, em meio a gargalhadas, de um jovem obeso sentado atrás de uma mesa de plástico, próximo à Faculdade de Letras. Na parede atrás do gordo havia um cartaz com a inscrição "Doe para o Festival de Poesia Sem-teto".

"Ei, pe-pessoal, deixa ooo... cara em paz", disse Francisco, mais implorando do que ordenando, e se arrependendo no segundo seguinte de tê-lo dito.

Foi um impulso. Não era aquilo que ele queria dizer. Ainda dava tempo de pedir desculpas. Ele estava de brincadeira, quem iria defender um gordinho como aquele? Do que vocês estavam rindo mesmo? Francisco titubeou e quase voltou atrás, mas surpreendentemente os brincalhões atenderam ao seu pedido. Resmungando em meio a sorrisos e protestos de "ih, que cara sem graça", eles se afastaram. Ainda era possível ouvir as risadas do grupo quando o novo herói do pedaço se virou para o gordo — que lhe parecia ainda mais gordo de perto — para colher seus louros.

"Cara, valeu, muito obrigado. Eles não iam embora de jeito nenhum", disse o gordinho, muito suado e visivelmente aliviado, que se apresentou como Carlos Brum, estudante de letras.

Modestamente Francisco respondeu que não tinha feito nada demais — nessas horas, o tamanho da façanha aumenta na mesma proporção da humildade demonstrada. Enquanto se gabava modestamente, Francisco notou que havia algo escrito na camiseta de Carlos. Percebendo que seu salvador tentava ler a inscrição, Carlos esticou a malha, na qual caberiam dois ou três Franciscos.

"É o nome do festival", disse Carlos, lendo a inscrição em vermelho sobre a malha branca da camiseta: "Não há espaço para mim".

Foi com um careta de lamento que Francisco contraiu o rosto para segurar o sorriso que ameaçava escapar por seus lábios. Para purgar a culpa que sentiu ao entender do que aqueles caras estavam rindo, o herói do dia retirou da carteira cinco reais, que foram devidamente depositados na caixinha de doações posicionada em cima da mesa de plástico. Seu serviço por ali estava completo, e a melhor parte é que Francisco sabia — e Carlos também — que seus nobres atos mereciam algo em troca. Que tal invadir uma reitoria, Carlos?

Francisco disse a seu novo amigo que a polícia estava atrapalhando as coisas na universidade e repassou tudo o que tinha aprendido minutos antes. Mas quem era ele para ensinar algo sobre a polícia para Carlos? O poeta sem espaço sabia muito bem de todos os desmandos e violações de diretos humanos perpetradas pelo canas. Ele militava desde a época do colégio entre os sem-teto. Foi nessa mesma época que Carlos começou a escrever poemas, como "Não lugar", cuja primeira estrofe dava nome ao tal festival que ele tentava organizar. Carlos concordou em participar da ocupação. E fez questão de retribuir a boa ação de seu novo amigo com uma declamação de "Não lugar". Ainda no modo herói, Francisco fingia ouvir com atenção o poema quando avistou ao longe Marcos Vinícius, mais conhecido como o autor do apelido Cheiroso, que lhe desgraçou publicamente na escola. O canalha que arrasou a vida colegial de Francisco estava na universidade.

***

Sétima série. Francisco tinha acabado de deixar a aula de educação física, com 20 minutos de antecedência. Ele se destacara negativamente mais uma vez durante a partida de futsal, com um gol contra e uma épica pisada na bola, que lhe rendeu uma ferida no rosto. Não bastasse o desastre usual, o pereba tinha comido alguma coisa que lhe fez mal e caiu na armadilha de usar o banheiro do vestiário. Francisco se trancou em uma das cabines na expectativa de conseguir alguns minutos de paz. Mas sua dor de barriga cobrou um tempo maior do que ele imaginava, e seus colegas de turma entraram no vestiário antes de ele terminar o serviço. Os alunos tinham sido liberados mais cedo pelo professor? Se ele mal conseguia evitar os sons que o seu corpo emitia, que dirá o cheiro que tomara o vestiário. O alívio de colocar tudo para fora se transformou em pânico logo aos primeiros comentários.

"Cara, que cheiro é esse?"

"Nossa, tem alguém morto aqui dentro."

"De onde vem isso?"

Seu único consolo era a possibilidade de permanecer anônimo dentro daquela cabine. Se desse a descarga, chamaria a atenção de todos. Era melhor ficar calado ali dentro e esperar os colegas irem embora. Mas, com a ajuda de um comparsa, que lhe ofereceu apoio com os braços, Marcos Vinícius colocou a cabeça por cima da porta de cada uma das cabines até chegar à de Francisco.

"Olha o Cheiroso aí, gente. Ele não morreu ainda!", disse o algoz, tapando o nariz com a mão e decretando o destino escolar de Francisco.

Era um destino que Francisco imaginava ter deixado para

trás ao terminar o terceiro ano colegial... O que aquele babaca estava fazendo na universidade? Como tinha passado no vestibular? Até então, o maior risco no campus seria esbarrar com Murilo Prachedes, braço direito de Marcos Vinícius no *bullying*. Murilo passou no vestibular, mas estudava Educação Física, cuja faculdade ficava afastada dos cursos de Ciências Sociais. Era preciso muito azar para esbarrar com ele. A partir daquele momento, entretanto, o perigo parecia mais próximo do que aquele com que Francisco havia se preparado para lidar. Para escapar do desagradável encontro com seu passado, Cheiroso, ou melhor, Francisco se despediu de Carlos antes mesmo de o poema acabar.

"Olha, Carlos, muito bom isso aí. Mas agora eu vou ter de voltar pra faculdade. Acabei de lembrar que... Que eu tenho um trabalho pra entregar amanhã. A gente se fala", disse o herói acuado enquanto se afastava do poeta sem espaço e do perigoso Marcos Vinícius.

Francisco tinha mesmo um trabalho a fazer, como Eduardo lhe lembraria no momento em que o fugitivo entrou esbaforido no centro acadêmico de jornalismo e se encostou contra a parede, onde ficou até se certificar de que Marcos Vinícius já tinha passado. As paredes do centro acadêmico estavam todas preenchidas por *graffitis* e pichações. A sala tinha apenas um sofá velho e uma mesa de sinuca como mobiliário. Enquanto Francisco se recuperava do susto e retomava o fôlego, Eduardo, que disputava uma partida de bilhar, perguntou ao colega como tinha sido a entrevista que ele havia marcado com o decano de assuntos comunitários para aquela tarde.

"Não foi. Porque eu passei a tarde com a Bunda, meu caro."

Eduardo demorou a acreditar que o amigo tinha passado a tarde inteira com a musa de ambos. Também era inacreditável que Francisco e ela tinham dividido um cigarro de maconha.

"Pois eu vou invadir a reitoria com ela, meu amigo", anunciou Francisco.

A incredulidade do parceiro foi se desfazendo à medida

que Francisco descrevia em minúcias seu dia ao lado de Sara, Júlia e Danúbia e relatava as opiniões daquelas meninas sobre o mundo, detalhando o plano de tomada da reitoria.

"Eu só espero que essa turma não atrapalhe o meu processo de estágio com essa invasão. Eu preciso dessa autorização até a semana que vem, você sabe disso. Mas, vem cá, como é a nossa Sara de perto? Sara é um nome bonito", disse Eduardo.

Sara era maravilhosa. Por qualquer ângulo. E cheirosa. Pelo menos até acender o cigarro de maconha. Ela era muito segura de si, mas falava umas bobagens... Júlia também era gatinha, mas muito carrancuda. Tem também uma gordinha, talvez você goste dela, brincava Francisco. Mas o mais importante é que ele iria encontrar Sara no dia seguinte. Podia até apresentá-la a Eduardo, desde que o amigo não se engraçasse pro lado dela. Eduardo podia tentar conquistar Júlia, que tinha uns peitos deliciosos. E os dois fariam programas de casal. Talvez até sexo grupal, debochou Francisco, que fez questão de deixar bem claro que Sara já estava reservada para ele. Foi ele que teve a coragem de fazer a abordagem. E assim ficou combinado, como se só dependesse dos dois, quem ficaria com quem.

Sem a entrevista que havia agendado e perdera por conta de sua primeira atividade política, Francisco teria de se virar para tentar entregar uma repor-tagem à professora de Introdução ao Jornalismo na manhã seguinte. A ousada solução que encontrou parecia arriscada a princípio, mas acabaria lhe marcando como uma das grandes lições de jornalismo daquele curso de graduação. Francisco resolveu escrever uma repor-tagem sobre o porteiro que lia Dostoiévski. Homem humilde, Seu Josevaldo aprendeu a ler depois de velho, graças à colaboração dos moradores do condomínio em que ele trabalhava e, maravilhado com as portas que a literatura lhe abriu tardiamente, começou a devorar os grandes clássicos: Tolstói, Flaubert, Shakespeare, Proust, e todos os nomes de que Francisco já ouvira falar. Tudo mentira, claro, porque naquela época nem o próprio Francisco, formado numa das melhores escolas da cidade, tinha lido um clássico sequer que não lhe tivesse sido imposto. Mas a improvável ideia de que um homem do povo e sem instrução poderia fazer seu próprio caminho rumo à erudição era tão comovente que a professora não resistiu. Emocionada com a história, a mestra não apenas engoliu a reportagem sem questionamentos como anunciou à classe que daria a maior nota da turma ao seu autor. Decepcionada com a qualidade dos outros trabalhos, a professora dirigiu um sermão aos colegas de Francisco, que infelizmente ainda não tinham desvendado os mistérios da arte da reportagem.

Augusto Canaglia

"Deve ser um mundo maravilhoso, esse seu mundo, Canaglia."
Mas que filho da puta! Que careca filho da puta. Grandessíssimo
calhorda! Eu devia ter dito que a gente vive no mesmo mundo...
Não, era melhor dizer que meu mundo não é tão bom quanto o
dele... O maravilhoso Professor Prudente... Prudente! O palhaço deve ter inventado esse nome... *A Importância de ser Prudente*... Caralho! Essa era uma boa pra ter usado. Por que eu só
penso nessas coisas depois? "O importante é ser Prudente, não é,
professor?" Ah, essa calava a boca do babaca. Toma um Oscar
Wilde na cabeça, imbecil, tóin! E baixa a bola desse teu douto-
radinho nos Estados Unidos, com tua "família tradicional mulher e filhos ai eu sou tão feliz". "Eu sou *chicago boy*, olha para
mim, eu sei mais do que você." Os caras acabam com o Chile com
esse neoliberalismo canalha e ainda ficam posando de inteli-
gentes, de responsáveis. "Os impactos do Estado de bem-estar
social no aumento da desigualdade"... Isso é lá estudo que se
faça? Todo mundo tentando diminuir as desigualdades e o cara
me vem com essa de que dar dinheiro pra pobre é ruim. Ruim pra
quem perde a grana, cara pálida, só se for. E outra: doutorado por
doutorado, eu tô terminando o meu. E produzindo conhecimento no meu próprio país. "Envenenando a molecada", ele
diz... Eles já vêm envenenados, seu imbecil. Por 500 anos de
opressão europeia e estadunidense barata. Vêm viciadinhos, fi-
lhinhos da mamãe e do papai. E ainda bem que alguns deles têm
a sorte de encontrar um Professor Augusto Canaglia pela frente.
Pra corrigir os vícios. Pra colocar no caminho certo. Pra mudar
esse mundo de merda. Vai me dizer que a luta de classes acabou?
Acabou porra nenhuma. Vai falar isso pro operário que tem de
pegar quatro ônibus pra chegar ao trabalho todo dia. Pro porteiro, pro caseiro, pra empregada doméstica, que têm de disputar por recursos escassos, por comida, moradia, prestígio,
reconhecimento, beleza enquanto liberam os filhos dos patrões
pra se armar melhor, com aula de inglês, com curso no exterior,
com academia de ginástica, tudo do bom e do melhor, enquanto

seus próprios filhos são forçados a trabalhar desde cedo pra tentar superar a situação de miséria a que foram condenados por um sistema injusto. É muito fácil dizer que o capitalismo é o céu na terra quando se nasce em berço esplêndido, sem ter que andar em metrô lotado pra chegar na faculdade à noite depois de um dia cheio de trabalho. E isso quando dá pra estudar, porque nem todo mundo consegue. E nada de taxar grandes fortunas, nada de taxar herança. Quem paga imposto é o pobre, e pra ter direito a o quê? Em que mundo essa turma vive? Eles não entendem o que é ser pobre. O que é ter de expli-car pra um filho que neste ano não tem presente de Natal. E como é que se ex-plica pra ex-mulher que não sobrou dinheiro pro colégio do moleque? É claro que ela vai querer botar na Justiça. E com que dinheiro eu vou pagar o advogado, sua megera? Você vai querer me botar na cadeia, Maria Lúcia? Vamos conversar. A gente resolve. Você sabe que poderia ser bem pior... Foi pior pra minha mãe. O que é ter de morar, por falta de opção, no prédio onde o vizinho bate na mulher a noite toda? Dona Eleonora Canaglia não sabia explicar por que o Seu Carlão, do quinto andar, era tão legal com a gente na rua, mas virava um monstro dentro de casa depois de beber. "O Carlão e a Camila estão só brincando, filho. Aumenta o volume da tevê." Pra entender o que é ser pobre é preciso ver a própria mãe fazendo conta sozinha — porque há anos não faz ideia de onde o marido foi parar — e pegando empréstimo pra honrar os compromissos no fim do mês. Quem não nasceu nessa realidade não tem a mínima ideia do que se passa neste mundo. Muito menos vai saber do que a gente precisa. Do esforço a mais que alguém como eu teve de fazer pra chegar até aqui. Sinceramente... Mas eu não vou deixar esse babaca me tirar do foco. Calma, Augusto, você tem uma ocupação a organizar, e aqueles merdinhas não vão conseguir fazer essa porcaria sozinhos em apenas uma semana. Desta vez tem que dar certo. Justino Cadabra não é homem para comandar uma universidade, cheio de terno fino, cheio de não-me-toque... E se ele não entendeu por bem, quando insistiu em ficar com a minha candidatura na última eleição, vai entender por mal. Desta vez não vai ter ninguém atravessando a minha chapa. Aí, quando eu estiver mandando de vez nesta joça, quero ver alguém ter coragem de dizer que eu estou "envenenando a molecada", de ficar falando mal por aí do professor "Canalha". Eles acham que eu não sei do apelido. Ah… Eu sei de muito mais coisas do que eles imaginam.

2

"O crime de ser negra, mulher e LGBT", dizia a faixa pendurada na porta do anfiteatro. A sala ficava no prédio central da universidade, uma estrutura composta por dois edifícios paralelos de apenas dois andares e um vasto subsolo que se estendiam ao longo de 700 metros e eram preenchidos por salas de aula e laboratórios. A entrada do anfiteatro era pelo térreo, mas o salão se estendia por meio de escadas até o nível do subsolo com suas carteiras de madeira, fixadas ao chão e sem estofado, e a mesa do professor ao fundo, em frente a um amplo quadro negro. O recinto não estava lotado às 8h, hora agendada para o debate, e Francisco não conseguia avistar Sara, nem Júlia ou Danúbia. Sentaram-se, ele e Eduardo, em cadeiras na última fileira, no ponto mais alto do anfiteatro, perto da entrada e longe de onde se concentrava a maior parte das pessoas. Francisco, que levara o amigo para introduzi-lo ao maravilhoso mundo feminino de Sara, ficou de olho na porta, esperando algum dos colegas que tinha conhecido no dia anterior. O debate sobre o caso Maria Sebastiana começou com 40 minutos de atraso, mas antes que qualquer um dos novos amigos de Francisco aparecesse.

O noticiário dava conta de que uma babá havia matado uma criança de dois anos afogada na banheira. Segundo os primeiros relatos da própria Sebastiana à polícia, ela se irritou com o comportamento do pequeno Cauê Marusquino, descrito como mimado pela babá, e não conseguiu conter o impulso de agredi-lo enquanto lhe dava banho. Ela não queria matá-lo, mas o segurou por tempo demais debaixo d'água, para que ele parasse de chorar. À medida que a investigação avançava, contudo, a história ia ficando mais complexa. Sebastiana não era formalmente contratada pela família Marusquino, que, segundo relatos de vizinhos, não tratava a empregada doméstica com o devido respeito. Além do mais, Rui Marusquino, o chefe da família, enfrentava na Justiça um processo por contratar uma confecção de roupas acusada de trabalho escravo. Como consequência de tudo isso, o debate daquela manhã não estava exatamente focado nas questões técnicas do crime. Para as pessoas ali reunidas — a maioria mulheres — havia naquela história componentes que, apesar de muito importantes, não estavam sendo levados em consideração pelas autoridades. Para os debatedores, Sebastiana estava sendo condenada injustamente, e não apenas por ser negra, mulher e homossexual, mas porque o fato de fazer parte dessas três minorias a empurrou inevitavelmente para a condição de criminosa em um contexto de absoluta desigualdade.

"O que se pode esperar de alguém que nunca teve oportunidades na vida? Alguém que nasceu amaldiçoado pela condição de fazer parte, ao mesmo tempo, de três grupos historicamente discriminados? O crime de Maria não foi matar um bebê, como a mídia propagandeia a torto e a direito. Seu crime é, e sempre será, ter nascido negra, mulher e gay", discursou ao microfone uma mulher muito magra, de cabelo liso preso em um rabo de cavalo, com cerca de 35 anos. Suas palavras, ditas de maneira firme e indignada ao microfone, foram aplaudidas por todos os presentes. Na sequência, falou a advogada de Maria Sebastiana. Ela criticou o delegado que conduzia o caso, claramente machista e homofóbico, segundo ela, e disse que um policial humilhou sua cliente durante o interrogatório, ao perguntar, entre outras coisas, sobre a relação daquela pobre mulher com suas namoradas — Sebastiana já tinha ido parar na delegacia antes, sempre por conta de problemas de relacionamento, e havia a suspeita de que, no momento do crime, a acusada estivesse acompanhada por Rosângela Macedo, sua atual namorada.

Os discursos, que variavam de serenos a inflamados, se seguiram e, talvez por Francisco ter se distraído com o jogo da co-brinha em seu celular ou enquanto debochava dos debatedores com Eduardo, o debate lhe pareceu a certo ponto se tratar de uma disputa entre que condição teria sido mais determinante para a condenação de Maria Sebastiana: a cor de sua pele, seu gênero ou sua orientação sexual. Como os dois amigos tinham aula às 10h e, até aquele momento, só Danúbia havia aparecido no anfiteatro, Francisco foi perguntar por onde andava Sara.

"Ela teve um probleminha e não vai conseguiu chegar. Mas vocês já vão embora? Só porque eu cheguei? Tô brincando! O debate tá começando a esquentar, gente, e, no final, o pessoal vai passar o abaixo-assinado pela libertação da Sebastiana. Se bem que eu acho que vocês podem assinar agora se quiserem. Não tem problema. Ninguém vai reclamar. Eu acho. Para de falar, Danúbia! ahahaha."

Francisco pensou que era para momentos como aquele que foram inventados os compromissos — ou pelo menos a convenção que torna aceitável e até educado declinar um convite, qualquer que ele seja, desde que se apresente a necessidade razoável de fazer algo ainda mais importante do que desperdiçar o seu tempo debatendo a inocência de uma criminosa. Francisco e Eduardo tinham aula, mas também podia ser uma reunião de trabalho, um campeonato de truco, qualquer coisa que não os fizesse permanecer em um local para onde Sara não estava se dirigindo naquele exato momento. Danúbia parecia — como Eduardo fez questão de notar minutos depois, a caminho da aula, em meio a risadas — demonstrar interesse por Francisco. Infelizmente àquela época o jovem aspirante a jornalista não sabia apreciar os prazeres que qualquer mulher, mesmo as menos atraentes — e talvez principalmente elas — são capazes de proporcionar. Por isso, não dava bola e até repelia a boa vontade e a animação exaustiva de sua nova amiga. Foi com muita disposição, aliás, que Danúbia lhe informou que Sara só devia aparecer na universidade para o coquetel de abertura da instalação artística de uma amiga no Instituto de Artes, à tarde. Era onde Francisco iria encontrar sua amada naquele dia, já um pouco mais ambientado ao mundo que começara a frequentar na tarde anterior.

O jovem calouro já havia se tornado feminista, mas ainda precisava entender exatamente o que fazia dos negros e dos gays, ao menos naquele ambiente, mais especiais do que ele. Poucas semanas de observação bastariam para compreender que essa hierarquia, uma espécie de hierarquia das minorias, res-peitava a mesma lógica dos antigos reis, que ele conhecera por meio de jogos de conquista territorial no computador. Era parecido, mas, no século 21, a lógica se invertera: era a falta de nobreza de seus antepassados que garantia a determinadas pessoas uma nobreza moral, algo que deveria compensar de alguma forma o sofrimento de seus pais e avós. E não havia quem questionasse se aquilo fazia sentido, porque tudo parecia estabelecido por alguma força suprema que, a exemplo da religião, também se escorava de alguma forma na culpa.

Como cada um por ali era um deus diferente — magnânimo o bastante para absolver e igualmente cruel para condenar em seu micro ducado moral —, era preciso mais do que demonstrar simpatia ou solidariedade por toda e qualquer minoria para se dar bem na universidade. A vantagem naquele lugar aumentava se você conseguisse fazer parte de um dos grupos historicamente injustiçados. Os deuses estavam loucos para fazer justiça histórica com as próprias mãos e sentimentos. E, a exemplo dos reis que forçavam seus genealogistas a dar um jeito de encaixar suas famílias na linhagem de Alexandre, o Grande, ou Noé, Francisco buscou legitimidade em seus antepassados. Quem era ele para dizer aos outros o que fazer ou sentir? Para um homem branco e heterossexual sem qualquer deficiência física ou doença mental aparente — e talvez apenas um leve desvio de caráter — restava apenas o argumento social. Sobrou a Francisco se abrigar na história de vida de sua família. Mais especificamente na história de seu pai, o clássico homem de origem humilde que escapou da periferia para se formar graças a uma bolsa de estudos e venceu na vida pelas próprias forças. Não é muito. Francisco estaria sempre devendo, se equilibrando arriscadamente na corda bamba do patriarcado, mas se resignou: era isso ou fazer uma operação de mudança de sexo.

***

Embalada dentro de uma calça jeans que parecia inflar sua bunda, Sara estava diante de três grandes tubos de vidro transparentes e cheios de água. Ela usava uma curta camiseta de alça folgada que caía sobre seu busto e lhe realçava os seios livres de sutiã. Francisco não conseguiu controlar os olhos, que desceram em busca do decote de Sara enquanto ele se aproximava para a troca de dois beijos na bochecha. Eduardo perdia mais uma chance de conhecer Sara, pois se empenhava para conseguir da reitoria uma autorização para estagiar. Naquela tarde, o Instituto de Artes promovia um coquetel para abrir uma exposição composta por várias instalações e Raquel Quebrosk, amiga de Sara, explicava a todos que paravam em frente aos tubos o conceito da obra *Aedes agito*.

"Vou permanecer ao lado destes tubos durante todo o período de desenvolvimento das larvas do mosquito *Aedes aegypti*, que transmite a dengue, para contemplar o avançar silencioso do perigo que espreita a todos nós, e que ninguém percebe. Se tudo der certo, serei picada e infectada dentro dos próximos dez dias, que é o tempo que as larvas levam para se desenvolver. Todo o procedimento será filmado e disponibilizado para as comunidades artística e científica", contou a moça, que usava shorts e blusa bege folgados e tinha dreadlocks nos cabelos ruivos.

Dias depois, antes mesmo de Raquel ter a chance de receber a primeira picada, a Secretaria de Saúde interditaria a instalação exatamente por conta do risco de contaminação. A interferência sanitária seria mal recebida pela comunidade artística da universidade e repudiada como uma flagrante censura.

Sara achou *Aedes agito* fantástico — e por que Francisco discordaria? Os dois também gostaram de *Homem-urubu*, que consistia em um rapaz fantasiado de urubu, com um traje de mascote de time de futebol, e aprisionado dentro de um caixa de vidro transparente de cerca de dois metros e meio de altura por dois metros e meio de largura. A performance fazia referência à polêmica de uma bienal de arte promovida anos antes, quando a exposição de um urubu de verdade dentro de uma grande redoma de vidro incomodou ambientalistas e monopolizou as atenções daquela exposição.

Enquanto Francisco e Sara caminhavam em meio às instalações, passando por absorventes femininos usados e símbolos religiosos profanados, o jovem tentava valorizar seu passe, contando como amealhou seu primeiro soldado para a tomada do prédio da reitoria. Tentando manter a sutileza, Francisco deu a entender que tinha por hábito defender gordos indefesos e, de quebra, Sara ainda lhe tomou por um amante da poesia.

Talvez Francisco quisesse mesmo se unir ao movimento da poesia sem-teto. Era uma causa nobre. E ele desconfiava ter uma sensibilidade que pedia para aflorar, sabe, Sara? Uma vazão para espantar seus demônios. A conversa com sua musa ia enfim tomando o rumo desejado, mas seria interrompida pela chega do intrometido e onipresente professor Canaglia. Ao avistar, ao longe, o mestre marxista, Sara se despediu de Francisco perguntando se o colega iria à festa à fantasia que o centro acadêmico de Letras promoveria naquela noite. Ele respondeu que iria se ela fosse, mas o galanteio se dissolveu no ar antes de chegar a Sara. Já concentrada no professor, a menina disse a Francisco que os dois se viam mais tarde e sumiu do raio de visão do enamorado rapaz junto com Canaglia, que, de longe, dirigiu a Francisco apenas um sorriso desconfiado enquanto mal levantava a mão em cumprimento.

É claro que Francisco não achava que ia ser fácil. Uma menina como aquela obviamente teria um bando de homens atrás. Ele só não esperava a competição de um professor. Francisco não sabia se estava acontecendo alguma coisa entre Sara e Canaglia — àquela altura, ninguém poderia imaginar o desconforto que aquela relação iria causar à comunidade universitária semanas depois —, mas a forma como o professor olhava para a estudante era eloquente o bastante para o calouro. Desafio posto e aceito: era preciso se armar em nome da conquista. Para a próxima batalha, Francisco precisava arranjar uma fantasia para a festa daquela noite, e teria tratado logo de resolver isso se Eduardo — que se transformara em sua conexão com a vida real durante aquele período inicial de engajamento — não tivesse esbarrado com ele.

Eduardo carregava um livro sobre teorias da comunicação, e antes mesmo que tivesse tempo de perguntar se o colega havia estudado para a prova, Francisco lembrou que estava marcado para a manhã seguinte o exame final de Introdução à Comunicação. Ele não tinha estudado nada. Desde que entrara em contato com Sara, ela — ou a perspectiva de um relacionamento com ela — recebera atenção exclusiva de Francisco. E se ele pretendia vencer a batalha contra o professor Canaglia e contra todos aqueles que imaginava cobiçarem sua musa, a situação ia ter de continuar assim: atenção total à presa.

Se a prova tivesse ocorrido uma semana antes, ele provavelmente teria virado a noite estudando para o exame. Mas o novo Francisco, o Francisco do futuro, tinha o dever de ir àquela festa à fantasia. E também de dar um jeito de passar naquela matéria. Uma breve consulta a colegas da faculdade apontou duas opções: ou ele perdia a prova e arranjava um atestado médico para poder fazer reposição na semana seguinte — o que era arriscado, já que havia uma reitoria para ser tomada nos próximos dias — ou seria preciso comprar as respostas da prova. Aparentemente a professora de Introdução à Comunicação era preguiçosa e metódica o bastante para variar os exames aplicados semestralmente entre quatro modelos, sempre respeitando uma mesma sequência. Francisco comprou as respostas da prova do dia seguinte e foi cuidar de sua fantasia.

***

Uma farda e um quepe verdes, barba postiça e um charuto na mão. Francisco chegou à entrada do centro comunitário da universidade — uma imensa tenda branca sustentada por seis longos pilares de metal e atada ao chão por cabos de aço — pensando que a roupa de Fidel Castro chamaria a atenção pela originalidade. Mas, a julgar pela quantidade de Fidéis e Ches Guevaras presentes no recinto, os frequentadores da festa a fantasia do centro acadêmico de Letras estavam prontos para deflagrar uma nova revolução cubana. Os disparos daquela noite, contudo, não partiriam das armas de guerrilheiros.

Francisco circulava pelo meio de uma multidão de super-heróis, personagens de videogame, Bob Esponjas, jogadores de futebol e frentistas — Carlos, que usava uma longa peruca loira coberta por uma bandana, estava fantasiado de um escritor norte-americano que só ele parecia conhecer — quando surgiu a Mulher Maravilha. Ela estava de costas, e era mais fácil o calouro reconhecê-la assim do que pela frente. Segurando uma lata de cerveja, sua heroína Sara mantinha um ar distraído, como se não precisasse de mais ninguém para se divertir em uma festa cheia de gente ao seu redor. Mas Sara não perdia a chance de fazer contato visual com quem quer que fosse, em busca de confirmação para sua perfeição, vítima que era dessa insegurança contraditória que só acomete as mulheres mais bonitas — e os homens mais femininos. Infelizmente o contato visual foi o único que Francisco conseguiu fazer com ela naquela noite, porque, enquanto os dois trocavam um distante sorriso camarada de cumprimento, os seguranças da festa cortaram a co-nexão de seus olhares, correndo entre os dois para intervir numa discussão que abriu uma grande roda na pista de dança.

A correria capturou as atenções do evento. Quando Francisco se aproximou do tumulto, os seguranças tentavam conter um rapaz vestido de mulher que ameaçava bater com um guarda-chuva em outros dois frequentadores da festa, que vestiam apenas cuecas. Depois de imobilizado pelos seguranças, o potencial agressor começou a gritar "ESTUPRO! ESTU-

PROOO!" várias vezes enquanto um grupo de meninas tentava acalmá-lo e, ao mesmo tempo, livrá-lo das mãos dos seguranças. Elas diziam ao rapaz ensandecido que os dois jovens de cueca não tinham feito por mal, que já tinham até tirado suas fantasias e pedido desculpas. Francisco só foi entender o que de fato estava acontecendo quando chegou a Polícia Militar, para o desgosto da maioria dos presentes.

"Ah, não, quem chamou a polícia?", lamentou abrindo os braços um jovem vestido de Pablo Escobar.

Um casal de policiais se aproximou perguntando o que acontecia. Uma das organizadoras da festa, fantasiada de Frida Khalo, se adiantou para dar esclarecimentos. Segundo ela, tudo começou quando o rapaz vestido de mulher — que Francisco descobria, naquele momento, se tratar de uma travesti que liderava um coletivo chamado Transadas e estava fantasiada de Mary Poppins — se ofendeu ao ver dois rapazes vestidos como as colegiais do desenho japonês Sailor Moon e exigiu que eles tirassem as fantasias.

"Os dois são LGBT", destacava a organizadora da festa aos policiais, "mas ela se ofendeu porque acha que, pelo menos na universidade, as mulheres trans deveriam estar protegidas do que ela acha se tratar de um deboche. Mas eles tiraram a roupa e ficaram só de cueca na frente dela. Mesmo assim, ela continua indignada. Ela partiu pra cima deles com o guarda-chuva na mão, disse que estava sendo provocada, que aquilo era um desrespeito. Um dos seguranças tentou intervir, mas a gente não deixou. Esse é um assunto que deve ser tratado entre mulheres."

Francisco estava tão entretido com a história que não notou a saída de Sara para outra festa. Ele mandou uma mensagem perguntando para onde ela estava indo, mas só foi receber uma resposta no dia seguinte: "Desculpa, meu celular tava dentro da bolsa. A gente foi pra The Field". Celular dentro da bolsa? Que desculpinha esfarrapada. Sara estava lhe evitando? Francisco não tinha nem começado aquele relacionamento e já sofria com o desprezo da amada. Talvez ela estivesse falando a verdade... Foi debatendo-se com as dúvidas próprias do amor que o Fidel Castro universitário passou a madrugada decorando as respostas da prova do dia seguinte.

E a confusão da festa à fantasia, como terminou? Depois de horas de debate e desgaste de todas as mulheres da gestão do CA de Letras que estavam presentes à festa, os membros do coletivo Transadas exigiram que, por volta das duas da manhã, fosse "feita uma fala, essencialmente por uma mulher da gestão, acabando com a festa e assumindo que o Centro Acadêmico e todos ali presentes eram transfóbicos, machistas e homofóbicos". A decorrência desse pedido foi resumida em uma nota divulgada pela organização da festa no dia seguinte, que dizia:

"Após nos recusarmos a encerrar a festa no meio da noite (afinal, as cerca de mil pessoas que estavam ali não teriam para onde ir naquele horário e, para além disso, não enxergamos cabimento em uma mulher fazer uma fala dizendo que é conivente com o machismo), o coletivo Transadas exigiu que a PM encaminhasse as diretoras do CA imediatamente à delegacia para prestar depoimento e entregar os dados dos seguranças da festa, para que fosse feito um boletim de ocorrência. Não hesitamos em nos recusar a entregar um homem negro à polícia, ainda mais quando uma das maiores bandeiras do movimento como um todo é justamente o 'Fora PM!'. Duas diretoras do CA se afastaram para conversar reservadamente com os policiais e, quando se aproximaram das viaturas, um membro do coletivo Transadas disse 'foram essas mulherzinhas que o CA mandou pra cá?'. Rechaçamos veementemente a reação machista e, principalmente, a exposição de mulheres à Polícia Militar. Após a PM ter ido embora, uma diretora do CA que estava dentro do caixa foi tirada de lá quase que à força por uma membra do coletivo Transadas, que exigia mais explicações sobre não termos ido à delegacia fazer o B.O."

A nota terminava com a defesa da honra de todas as envolvidas e a promessa de que todas seriam melhores. Uma noite agitada, enfim. Mas Francisco continuava virgem.

Carlos Brum

Não lugar

Não há espaço para mim.
Eu não nasci pra isso
e nem deveria ter nascido.
Nem precisa me dizer
porque daqui debaixo eu não escutaria mesmo.

Daqui do chão,
de onde se pode apenas ver
o presunto que a família Maiakovski pendurava no teto
para evitar os ratos,
só é possível planejar a invasão
daquilo que, não servindo de morada,
de morada servirá.

É o seu não lugar
que nós vamos ocupar.
E onde você não existe
existirá alguém para viver
a vida que você não leva,
cheio de vida que já estão,
você e os seus,
em um lugar melhor.

Siga vivendo, eu digo,
e agora ainda mais vivo
com a certeza de que a sua parte morta,
o capital sem vida de tão vazio e abandonado
que ficou para trás,
foi encontrado por quem também quer viver
e vive apesar de tudo
revivendo, ressuscitando o que estava condenado à morte e
à não existência lúgubre dos tapumes
Tumulares.

3

Os dias anteriores à ação na reitoria foram de expectativa permanente para Francisco. Ele não se lembrava de ter sentido tanta ansiedade desde a véspera da festa de formatura do colégio, durante a qual bebeu tanto para aliviar a tensão que terminou a noite deitado em cima de uma mesa. As novidades daquele mundo desconhecido e a perspectiva de enfim desenvolver relações após anos de isolamento social o ajudaram a controlar a angústia em relação à invasão. Aliás, o termo correto, ele aprenderia, era "ocupação", já que naquele ambiente intelectual os conceitos eram definidos a partir de intenções — e as ações não tinham sentido separadas de seus objetivos. Era por isso que o roubo de um banco ou a tomada de reféns em uma joalheria, feitos por conta da mesquinharia financeira, recebiam o nome de "invasão", o que expõe seu caráter criminoso, enquanto a tomada de um prédio, desde que motivada por uma causa nobre, merecia a alcunha elevada de "ocupação" e, portanto, estava legitimada enquanto ato político apesar dos inconvenientes que viesse a causar.

Dito assim, o subterfúgio linguístico pode não soar muito bem, mas a perspectiva de construir o mundo a partir das próprias impressões, julgamentos e desejos é fantástica, ainda mais para alguém como Francisco, que nunca havia se encaixado em nenhum dos moldes disponíveis. O jovem desajustado descobriu na universidade que poderia ser quem quisesse. O que o definia não era o que ele fazia, como pisar na bola durante uma partida de futebol ou ter um ataque de pânico segundos antes de apresentar aos colegas o trabalho de biologia sobre mitocôndrias. Suas limitações físicas, sociais e morais poderiam ser balanceadas e até mesmo completamente obscurecidas pelo que ele dissesse. Francisco podia ser nobre, corajoso, inteligente, culto. Podia se encher de virtudes, enfim. Era a magia da linguística.

"As pessoas não são apenas o que fazem ou pensam. As pessoas são o que dizem. Ou melhor, as pessoas são o que estão dispostas a dizer", filosofava Francisco, depois de algumas latas de cerveja, durante uma partida de bilhar no CA de jornalismo contra o amigo Eduardo.

"Tá cheio de ideia, hein? Só pode ser a cerveja falando, me dá essa lata aqui. Mentir desse jeito vai acabar te dando problema...", rebateu Eduardo.

"Ninguém tá falando de mentir, cara. Me dá a latinha de volta, por favor. Não existe isso de verdade e mentira, deixa de ser ingênuo. O professor Roberval, lá das teorias da comunicação, disse que é tudo uma questão de perspectiva. Já esqueceu da turma daquele colégio de Frankfurt lá?

"É escola, burrão!"

"Isso, Escola de Frankfurt... O que eu quero dizer é que tem muita coisa acontecendo lá fora pra gente ficar aqui, Eduardo, vivendo essa vidinha de merda, atrás de estágio, batendo ponto todo dia de manhã, que nem os pais da gente. O mundo precisa de gente como a gente, meu amigo", disse Francisco solene, dedo em riste.

"Como é, Francisco? O mundo precisa da gente? Que tipo de gente é a gente? Que papinho mole... Você tá andando demais com aquela turma do ocupa e resiste. E o professor Roberval é um idiota. Me dá essa latinha aqui de novo, Chicão, que você já bebeu demais", disse Eduardo, voltando a tomar a cerveja da mão do amigo.

Francisco não tinha bebido tanto assim — duas ou três latinhas? —, mas era fraco para o álcool. Deixou a lata com o amigo e desconversou. Era melhor calar, ele não devia se expor tanto, nem para o melhor amigo. Eram pensamentos perigosos, nem todo mundo estava pronto para ouvir aquelas verdades. Além do mais, aquelas novidades ainda não estavam totalmente organizadas em sua cabeça. Não se tratava exatamente de mentir, como dizia Eduardo. Era mais uma questão de acreditar. Era uma questão de se convencer de que ele era — ou podia se tornar — tudo aquilo que almejava ser. Era preciso ordenar melhor as ideias. E guardá-las. Francisco disse para Eduardo esquecer aquilo tudo. Era bobagem mesmo, ele tinha bebido demais.

Francisco se acostumara a concordar com Eduardo desde que os dois se conheceram, no dia da matrícula para o primeiro semestre. Era o primeiro dia de ambos por ali. Os dois se inscreveram para as mesmas matérias. Eduardo foi a primeira pessoa a falar com Francisco na universidade. Foi o primeiro a lhe oferecer ajuda naquele dia tão importante e confuso. Eduardo sabia que haviam matérias obrigatórias, que deveriam ser cursadas no primeiro semestre e cuja matrícula já estava garantida. Se os calouros quisessem atender a outras disciplinas, inclusive fora da Faculdade de Jornalismo, teriam de contar com a sorte, fazer o pedido por Introdução à Filosofia ou qualquer outro curso que não tivesse como pré-requisito uma outra disciplina, e torcer para conseguir a vaga. Havia ainda a possibilidade, Eduardo ensinara a Francisco, de conseguir uma disciplina mesmo após ela ser negada por falta de vagas — alguns alunos desistiam depois de matriculados, porque tinham se inscrito em cursos que extrapolavam o limite de créditos semestral, na esperança de conseguir pelo menos alguns deles.

Como Eduardo sabia de tudo aquilo? Ele simplesmente tinha perguntado para todos os colegas de faculdade que apareceram na sala de matrícula, algo que o tímido Francisco nunca se arriscaria a fazer. Se Eduardo não tivesse aparecido, Francisco seguiria às cegas na inscrição para seu primeiro semestre letivo, fingindo saber exatamente o que estava fazendo. Desde então, os dois se tornaram muito próximos. Almoçavam juntos todos os dias, estudavam juntos. Os pais de Francisco gostavam de Eduardo. Os pais de Eduardo gostavam de Francisco.

Eduardo não tinha interesse em desbravar o mundo da política, mas Francisco enxergou ali um novo caminho. Ele não via nada demais em Gabriel. Mas os estudantes o enxergavam como um santo. Um líder. E tudo o que aquele pobre coitado fazia era lutar pelo que era certo, por aquilo em que acreditava, pelo que achava justo. Francisco também podia defender o que achava justo. Não devia ser tão difícil assim. Mas o que era justo?

O Google definia justiça como "qualidade do que está em conformidade com o que é direito; maneira de perceber, avaliar o que é direito, justo". A segunda definição era mais curta: " o reconhecimento do mérito de alguém ou de algo". Isso não ajudava muito... Mas que idiota! O jovem revolucionário estava procurando no lugar errado. A internet estava cheia de pessoas cujo único interesse era dizer o que elas achavam justo. Elas estavam nas redes sociais, que pareciam criadas para isso.

A causa palestina parecia muito justa. Como é que se expulsa as pessoas assim do lugar onde elas moravam? Mas os judeus tinham sido vítimas do Holocausto, era preciso sopesar. De início, Francisco imaginou que seria impossível ter opinião sobre tudo. Meses depois de adentrar o mundo da política, contudo, ele já não conseguiria conter o impulso de manifestar sua posição sobre o que quer que fosse. Legalização das drogas, desmilitarização da Polícia Militar, combate à corrupção, a revolução bolivariana, a transposição do Rio São Francisco, a construção da Usina de Belo Monte, a necessidade de eleger Dilma Rousseff, a sucessão presidencial nos Estados Unidos, terrorismo, os assentamentos israelenses na Cisjordânia, tudo era oportunidade para frequentar a ágora virtual do Facebook. Como uma mudança como essa, que o levou da completa apatia para a política permanente, ocorreria em tão pouco tempo?

Talvez as próximas páginas ajudem a entender. Talvez ajudem a confundir. Mas, a julgar pelas pregações liberais de Gustavo Prudente, Francisco seria exposto na universidade a uma série de experiências e conceitos que ampliariam sua sensibilidade até o desenvolvimento de uma consciência social hipertrofiada. Isso o transformaria em um radar ultrassensível capaz de captar toda e qualquer desigualdade ou injustiça em um raio de quilômetros. Ao frequentar festivais de cinema brasileiro e assistir àqueles filmes sobre favelas e a ditadura militar, muitos filmes sobre a ditadura militar — a interminável ditadura militar, a insuperável ditadura militar —, além das aulas de ciências sociais, Francisco descobriria carregar uma série de culpas e responsabilidades das quais ele até então não tinha conhecimento. E, se as coisas erradas do mundo eram culpa dele, deveria ser ele mesmo o responsável por corrigi-las. Só de perceber e aceitar isso, parte da culpa já ia embora.

Francisco não se sentia tão mal quanto seus novos colegas de universidade quando ficava sabendo de um caso de discriminação ou quando imagens de zonas de conflito no Oriente Médio revelavam as mazelas de uma guerra civil distante. Ele não conhecia aquelas pessoas. Será que a turma do movimento estudantil era mais sensível do que ele? Eram melhores do que ele? Não, não era possível. Francisco podia não ser tão sentimental, mas não via problema nenhum em dizer que tudo aquilo, todas as mortes, injustiças e maldades eram algo ruim. Até se sentia bem ao fazê-lo. E a satisfação aumentava junto com o tom de sua indignação. Era como se ele estivesse de fato fazendo algo para alterar aquilo que estava errado. Sim, ele fazia a diferença. Cada postagem na internet fazia a diferença, que dirá as manifestações de rua. Seu apoio seria determinante para causas nobres, como a igualdade racial, por exemplo. Era importante defender ações afirmativas, para corrigir desequilíbrios históricos. Então Francisco passou a advogar pela criação de cotas para negros em concursos públicos.

Eduardo discordava. Quem poderia dizer o que é um negro numa sociedade miscigenada como a brasileira? Isso já tinha dado problema na universidade, quando um vestibulando foi barrado ao pedir uma vaga para concorrer entre os cotistas, e seu irmão gêmeo, idêntico, obteve o aval do comitê responsável pela decisão. Francisco argumentava que a negritude era uma questão cultural, e Eduardo retrucava que isso era pior ainda, porque ficava ainda mais confusa a definição do que era ser negro. O mesmo, segundo ele, estava acontecendo com as pessoas que mudam de sexo. Eduardo puxou um livro que estava lendo para mostrar ao amigo.

"Hoje em dia são mulher e negro qualquer pessoa que quiser ser mulher e negro. Você já percebeu isso, Francisco? É tudo muito confuso. Escuta esse trecho aqui: 'Enquanto os ativistas dos direitos LGBT lutam contra os esteriótipos de gênero, desconstruindo o que deveriam ser características masculinas e femininas, os travestis e os transexuais reforçam, quase que como caricaturas, essas mesmas características de gênero, que definiram durante séculos o masculino e o feminino'. É contraditório. Eu não acredito que você vai cair nessas conversas. Eu já te disse que você tá andando demais com essa turminha do barulho da universidade. Não vai endoidar, hein?"

Francisco estava mesmo cheio de ideias desde que passou a frequentar Sara e seus amigos. E não sentia tanta energia, tanta empolgação, desde que... Nunca. A verdade é que Francisco nunca se sentira tão bem. Um mundo de possibilidades infinitas tinha se aberto à sua frente e ele enfim enxergava a perspectiva de conseguir algum sentido para aquela vida vazia e sem graça. Zelar pelo futuro da humanidade era uma forma de esquecer os próprios problemas, uma maneira de relativizar as banalidades que costumavam lhe atormentar, como uma simples — ainda que dolorosa — visita ao dentista ou a prova final de um curso qualquer. Francisco tinha sido talhado para desafios maiores. Talvez por isso nunca tivesse se encaixado nos moldes disponíveis. Ele poderia dar fim a uma guerra, por exemplo... Ok, talvez isso fosse demais, mas ele podia pelo menos salvar uma vida. Ou escrever uma reportagem que mudasse a perspectiva das pessoas sobre o mundo. Melhor: desenvolver uma nova forma de jornalismo que permitisse se colocar no lugar dos menos favorecidos... Trocando em miúdos, Francisco também queria melhorar o mundo. Talvez tivesse nascido para isso. Por que não?

Eduardo e Francisco começavam a traçar dois caminhos distintos no início de suas vidas acadêmicas. Os dois únicos caminhos que pareciam possíveis naquele momento: direita e esquerda. Caminhos opostos que dividiram o Brasil e que, naquela universidade, estavam definidos mais claramente pelo antagonismo entre os professores Augusto Canaglia e Gustavo Prudente. Os dois intelectuais se tornaram famosos na UNB por seus debates públicos, que Francisco só pôde presenciar por meio de vídeos disponibilizados na internet, dado o fim súbito da carreira de Canaglia após a ocupação da reitoria naquele ano.

Em uma das gravações postadas no YouTube, nomeada "Prudente humilha Canalha", os dois aparecem enquadrados lado a lado, sentados numa bancada que parece posicionada diante de um auditório lotado, enquanto discutem em um seminário intitulado "Como combater a desigualdade social". Canaglia diz ao microfone que o ser humano é comunista por natureza e que isso pode ser demonstrado pelos gestos mais simples, como passar o sal à mesa a quem não pode alcançá-lo, algo que todos fazemos sem esperar nada em troca. Prudente retruca que aquele que passa o sal espera sim algo em troca: além de gratidão, ele espera poder desfrutar da mesma gentileza quando solicitada.

"Mas nada disso envolve dinheiro", replica Canaglia, que segue, para os aplausos da plateia: "E, se esse simples ato envolvesse dinheiro, provavelmente o sal iria estar guardado dentro de um cofre."

Na sequência, Prudente diz que o colega fala como se o sal oferecido pelo restaurante não tivesse valor fora de um cofre e como se a cortesia de oferecê-lo anulasse o fato de que o dono do estabelecimento teve de pagar por ele. O professor do Departamento de Economia acrescenta que o debate perdeu o rumo e que, antes de afirmar que o comunismo é algo natural, o colega precisaria explicar como as tentativas de impor esse sistema causaram a morte de mais de 100 milhões de pessoas ao longo do século 20, e pede outra explicação:

"Por que os alemães pulavam o muro para o lado de Berlim Ocidental, e não no sentido contrário?"

O vídeo para nesse ponto, mas, como se pode ver em outras postagens, o debate segue com Canaglia atribuindo um número ainda maior de mortes ao capitalismo — que Prudente diz não ter sido criado por ninguém e que, portanto, "seria mais natural, para usar os seus termos, do que o comunismo".

Em outra gravação oferecida pela lista do YouTube e intitulada "O caminho da servidão - palestra de Gustavo Prudente", o professor de economia fala de pé diante de uma audiência em um auditório moderno demais para pertencer ao campus da Universidade Nacional do Brasil. Ele discursa de forma ainda mais contundente para atribuir à fragilidade a tendência que principalmente os jovens têm de optar pela segurança prometida por sistemas econômicos como o comunismo, em detrimento da liberdade em que está baseada o capitalismo.

"Quanto mais fraco você for ou se sentir, mais segurança e, portanto, mais controle sobre os outros você vai querer ter. Isso explica, por exemplo, nossa tendência a buscar emprego no serviço burocrático do Estado, por meio de um concurso público. A estabilidade — e isso se intensifica, por exemplo, no momento de incerteza em que se encontra o universitário recém-formado — se torna mais tentadora do que qualquer aventura que, por mais divertida que pareça, pode nos expor à humilhação do fracasso. Mesmo que seja para carimbar eternamente o mesmo documento, a frágil criatura estatal vai dar um jeito de tolerar a monotonia dentro de sua construção. É esse, aliás, o título do livro que nós vamos ler no nosso próximo encontro: *A Construção*, do Kafka. Vocês vão ver que a criatura kafkiana consome todo seu tempo na tentativa de se proteger dos riscos do mundo exterior. Mas isso não é garantia de segurança, porque não existe construção tão forte assim. Uma hora o carimbo do burocrata falha ou a certeza simbolizada pela ordem cartorial deixa de ser o bastante e toda essa armadura protetora, que lhe parecia impenetrável, quebra. A proteção de que a gente precisa não deve vir de fora. Ela só funciona quando é construída do lado de dentro. E é dela, dessa segu-rança que alguns encontram na religião e outros buscam no conhecimento, que depende a nossa liberdade. É da força que nós adquirimos ao exercitar sentimentos, habilidades e competências — as únicas fontes possíveis de autonomia — que depende a nossa segurança e, como consequência, a possibilidade de ser livre. É disso, também, que o sistema capitalista depende para funcionar plenamente."

Eram debates muito profundos. Francisco não sabia dizer qual dos dois professores estava certo. Mas, a julgar pelo nível de popularidade — e era disso que se tratava afinal — a universidade estava com Canaglia. Mesmo o Departamento de Economia, onde Prudente deveria fazer mais sucesso, era majoritariamente o que ele próprio classificava como "coletivista". Seus colegas acreditavam nas soluções conduzidas por um poder central e seguiam a cartilha de Keynes, reclamava Prudente em um dos vídeos. O economista se considerava um *outsider* na UNB. Por isso fez seu doutorado fora do Brasil. Francisco também era um *outsider*. Mas não pretendia continuar sendo. Por que alguém como ele, que passara toda a vida à margem, optaria por se colocar do lado minoritário?

Por mais que fizessem sentido aqui ou ali, as posições de Prudente eram revestidas de insensibilidade e pessimismo, e não pareciam apresentar qualquer vantagem prática. Para Prudente, toda tentativa do governo de melhorar a vida da população tinha como resultado inevitável o exato oposto. Apenas o mercado e a livre iniciativa eram capazes de organizar a sociedade de uma forma minimamente aceitável. Não sobrava muito para a política, a não ser tentar atrapalhar o mínimo possível a vida do cidadão. Em resumo, não havia o que fazer, era cada um por si.

Do outro lado, Canaglia não apenas oferecia a paz de espírito de estar do lado bom, do lado certo, como entregava o destino do mundo nas mãos de Francisco. Francisco era diferente. Não era mais apenas a sua mãe que dizia isso para mimá-lo, para fazê-lo se sentir bem. Eram grandes pensadores, grandes artistas, dramaturgos, intelectuais que afirmavam que o futuro da humanidade seria definido por cada uma de suas atitudes. Por cada palavra. Cada postagem na internet. E Francisco postou. Francisco compartilhou: a pesquisa que mostrava como a desigualdade tem aumentado no mundo; a matéria sobre o jovem negro discriminado ao entrar na loja de grife; o artigo sobre o ator que usava vestido para anunciar sua nova campanha contra o machismo e a homofobia; a postagem do blogueiro que havia dedicado toda sua vida ao maior jornal do país e, depois de demitido, passou a denunciar os interesses escusos da "grande mídia"; o vídeo em que o deputado desabafava sobre sua luta pelos direitos dos mais pobres.

Eduardo aparecia de vez em quando para discutir publicamente com o amigo nas redes sociais, mas cada curtida de Sara — porque era para ela que Francisco publicava — amenizava qualquer inconveniente. Aquilo era apenas o começo, o preâmbulo de um novo Francisco, um Francisco pós-ocupação da reitoria que escreveria com sensibilidade sobre as próprias emoções e iria expor suas fragilidades em comentários sobre um relacionamento que acabara de terminar, sobre um menino de rua que vira pedindo esmola no trânsito e com quem fora comer no McDonald's, sobre sua experiência ao viajar pela primeira vez aos Estados Unidos e ser barrado na imigração junto com africanos e muçulmanos, "só por ser latino", a sua dor ao ver uma família de iraquianos ter o visto de entrada negado, de ver o marido consolar a esposa e os três filhos com serenidade, com tanta dignidade, como se houvesse algo que aquele homem humilde e acuado pudesse fazer para contentar sua família — seriam refugiados de guerra? Como não se apaixonar pelo novo Francisco, que se importava tanto com o próximo e parecia tão sensível?

Querer o bem publicamente fazia bem a Francisco. E não apenas porque as pessoas pareciam enfim gostar dele, mas porque ele mesmo passava a gostar de si próprio, a se sentir melhor, a se sentir superior. Ele podia não fazer parte de uma minoria, mas sabia sentir pena deles como ninguém. Francisco também era bom. E sua bondade acendeu um alerta em Gabriel Armeno. Talvez o ex-morador de rua tivesse antecipado, por instinto de sobrevivência, a ascensão meteórica de Francisco. Ou, vai ver, Gabriel não achava justo que um movimento popular fosse liderado por um branquinho de classe média. O fato é que, desde que os dois foram apresentados, o líder estudantil não perdia uma chance de desafiar Francisco publicamente, dissimulando armadilhas para desmascarar o que lhe parecia uma fraude.

Pobre Gabriel, o militante autêntico, genuíno. Uma joia política delicada, lapidada durante anos pelas pancadas mais impiedosas que a vida pode desferir. Gabriel tinha tudo para ser um bom político, talvez até o tal político por que muitos esperam para que o Brasil enfim deslanche. Não tinha vaidades, conhecia as agruras da vida, que estavam estampadas para quem quisesse ver nas suas mãos grossas, cascudas, calejadas. Mais difícil do que mudar o mundo, contudo, é mudar a nós mesmos, ensina a autoajuda, e o jovem revolucionário tinha duas características que cedo ou tarde dariam fim à sua carreira. E o fim viria cedo.

Gabriel tinha a desvantagem de acreditar em tudo o que dizia, por mais absurdo que fosse. E, não bastasse carregar essa semente cândida da própria destruição política, ele também não tinha o total controle de seus sentimentos e ações — há quem chame a isso de destino. Morador da Casa do Estudante — o gueto formado por dois longos prédios residenciais de quatro andares onde se abrigavam, nos confins do campus e divididos em quartetos nos 90 apartamentos disponíveis, os universitários sem condição de pagar por uma moradia —, Gabriel achou por bem, meses após o fim da ocupação da reitoria, colocar para dentro da habitação estudantil, de forma irregular, uma moradora de rua.

O ex-morador de rua, cuja vitória acadêmica havia sido cantada pelos maiores veículos de comunicação do país quatro anos antes, se apaixonou pela moradora de rua Roselene da Silva e imaginou que poderia repetir o milagre que ele próprio havia protagonizado. Gabriel bancou um cursinho pré-vestibular para Rose na esperança de que ela viesse a frequentar a vida acadêmica de forma plena, após regularizar sua situação habitacional. Deu certo. Na segunda tentativa, Rose foi aprovada, também para estudar pedagogia, e os dois deram início a uma bela história de amor. O romance durou até a menina perceber que podia conseguir algo melhor do que aquele futuro pedagogo desempregado. Rose começou a sair com um playboy da engenharia, dando início a outra bela história de amor, mas enlouquecendo seu antigo benfeitor.

Numa ensolarada tarde de domingo, Gabriel partiu para cima de Rose no gramado que separava os dois prédios da Casa do Estudante. Depois de desferir alguns socos contra a menina, o amante desiludido foi contido por um segurança e por colegas que atenderam aos gritos de socorro da vítima, cujo sangue eternizou aquele momento com uma discreta mancha escura na calçada de concreto. Gabriel ainda conseguiu se desvencilhar e subir para seu apartamento, de onde atiraria pela janela um botijão de gás. Por sorte, o disparo não acertou Rose ou qualquer das pessoas que tentavam consolá-la à espera do transporte para o hospital universitário.

A administração da universidade foi acionada para solucionar o problema, já que, depois da ocupação da reitoria, a polícia não estava autorizada a abordar membros da comunidade acadêmica sem aprovação prévia do reitor. Esse é um tipo de problema que não se soluciona, contudo. Gabriel tinha sucumbido ao machismo mais selvagem e devia ser jubilado, mas que culpa tinha ele, um jovem criado em um ambiente tão hostil? Quem ali podia — ou queria — julgá-lo? Além do mais, ele não tinha para onde ir. A universidade não podia deixar desassistido um rapaz como aquele, que lutara tanto para chegar ali, rompendo todas as barreiras — as muitas, inumeráveis barreiras — que lhe foram impostas. O campus não queria desistir do pobre Gabriel. E Gabriel, sempre tão generoso, fez um favor à comunidade acadêmica ao desistir por conta própria.

Dias após se instalar em um dos apartamentos subsidiados pela universidade nas proximidades do campus, o grande militante foi encontrado estirado na sala, sobre o sangue que saíra de seus pulsos e em meio a algumas pedras de crack. A ausência de Gabriel só foi notada após os vizinhos reclamarem do cheiro forte que tomou o primeiro andar do modesto prédio de três pavimentos. Na ocasião, Francisco esqueceu as desavenças entre os dois, intensificadas durante a disputa pelo comando do DCE, e escreveu um obituário para o seu grande amigo de lutas intitulado "Morreu na contramão atrapalhando o tráfico", que foi publicado no site da universidade. A morte de uma figura tão ilustre no meio acadêmico desencadeou uma investigação policial que terminou com a prisão de um dos traficantes que vendiam drogas nas imediações do campus. No texto, Francisco aproveitava para defender, "como achava que Gabriel gostaria", uma mudança na política de combate às drogas no Brasil, que levava a mortes sem sentido como aquela. Mas já fomos longe demais nessa história.

Ressuscitemos Gabriel por algumas páginas para seguir com o enredo. É de se imaginar que ele faria com prazer mais esse sacrifício. Antes de desistir, o grande militante genuíno tinha estudantes a liderar. Pelo menos até Francisco assumir o comando.

***

Os boatos sobre o plano de tomada da reitoria tinham se alastrado pelo campus até chegar aos ouvidos dos administradores da universidade. Na tentativa de evitar o desgaste que se anunciava, o reitor Justino Cadabra convidou para uma reunião os líderes do movimento contra a presença da polícia no campus.

Cadabra era pessoalmente a favor do Fora PM. Reconhecido no meio acadêmico por sua carreira no direito agrário, Cadabra era adepto do Direito Achado na Rua — que pregava a adequação das leis às necessidades e reivindicações populares — e se tornou famoso nacionalmente por advogar para o Movimento dos Sem-Terra em diversas causas, sempre contra os maiores latifundiários do país. Quem melhor para banir a autoridade policial, que sempre se colocava ao lado dos poderosos, do que um jurista como aquele? Cadabra não tinha, contudo, controle sobre aquela questão. Era do conselho universitário que dependia da decisão acerca da segurança no campus, e o reitor não tinha liberdade — talvez fosse melhor dizer disposição — para impor o banimento dos policiais à comunidade acadêmica, principalmente tendo em conta as razões que levaram à queda de seu antecessor.

O professor Ronaldo Livrete, do Departamento de Engenharia Mecânica, renunciou ao posto de reitor após resistir durante 20 dias à ocupação de seu gabinete. Os invasores daquela época reagiam à pretensão de Livrete de implantar um novo processo seletivo para a administração da universidade. O ingênuo docente queria adotar o que tentou vender aos pares como "o modelo de gestão das melhores universidades do mundo". Nesses grandes centros de referência, ele explicava a quem estivesse disposto a ouvir, os reitores são escolhidos por conselhos de notáveis, incumbidos de adotar critérios técnicos em suas deliberações. Essa proposta estava tão distante dos anseios da comunidade acadêmica que resultaria no seu exato oposto: após a renúncia do reitor, a reforma feita por uma administração temporária daria ao voto de um estudante ou de um funcionário o mesmo peso que o voto de um professor na eleição interna. Naquele ano, foi eleito o candidato mais popular entre os estudantes e Justino Cadabra assumiu a reitoria.

Para quem acompanhou a confusão à distância, esse foi o enredo da última transição na reitoria. Mas eventos políticos do tamanho de renúncias e deposições funcionam de forma semelhante à queda de um avião: só ocorrem devido à conjunção de vários fatores. Quem frequentava a reitoria sabia do desconforto causado pela insistência de Livrete em tomar medidas sem consultar o conselho universitário. O reitor queria acelerar as reformas pelas quais acreditava que a universidade deveria passar e, por conta da sua intransigência, não pôde contar com o apoio de praticamente nenhum diretor de faculdade ou departamento na hora de defender a reforma eleitoral — muito menos para advogar por sua permanência no cargo quando a pressão contra sua proposta aumentou.

Se já havia divergências políticas na gestão Livrete, a

eleição de Cadabra partidarizou o campus como nunca. O processo eleitoral que o levou ao comando da universidade deixou profundas sequelas. Professores das chapas derrotadas reclamavam de retaliação da diretoria eleita e muitos deles simplesmente romperam relações com colegas de universidade. Cadabra não queria ter o mesmo destino do antecessor. E sua situação já era politicamente bem mais delicada. O ex-advogado dos sem-terra tinha problemas muito mais urgentes com que se preocupar do que a presença de policiais no campus.

Mais do que direito, o reitor precisava achar algum dinheiro na rua. A Universidade Nacional do Brasil passava por uma grave crise financeira. A instituição mal tinha dinheiro para pagar seus funcionários. O recente rompimento entre a Fundação Universidade Nacional do Brasil e a Financia — uma fundação privada de apoio à pesquisa acusada de perverter, em sua busca desenfreada pelo lucro, a missão daquela nobre instituição pública —, tinha agravado os problemas de caixa.

Foi na expectativa de conseguir algum recurso público extra que Cadabra se viu impedido de comparecer à reunião que ele mesmo convocara para tentar evitar a invasão da reitoria. O ministro da Educação tinha aberto um espaço em sua disputada agenda para recebê-lo. Era a chance por que Cadabra esperava havia meses. Na esperança de arrancar do governo mais algum dinheiro para acalmar os ânimos dos professores do Instituto de Biologia, que vinham perdendo as pesquisas que dependiam de refrigeração devido às quedas constantes de energia no campus, o reitor terceirizou a condução da crise estudantil a um subordinado.

Os jovens revoltosos foram recebidos pelo decano de assuntos comunitários, Messias Sadi, ao chegarem à reitoria. Ofendidos e se sentindo desprestigiados, Gabriel e os outros líderes do movimento se recusaram a tratar de suas demandas com aquele subalterno. Diante do desdém do reitor — e levando em conta que a reitoria provavelmente estava se preparando para defender seus domínios — os jovens se retiraram decididos a antecipar em um dia a tomada do prédio, que ocorreria numa quarta-feira.

Gabriel Armeno

Boicote aos fascistas racistas ou Olhares brancos assustados

Senhor Deus dos desgraçados! Dizei-me vós, Senhor Deus! Se é loucura... se é verdade, tanto horror perante os céus?! Mas o mar não apaga esse borrão, meu caro Castro Alves. Nada apaga. E nada paga a dívida do tamanho da história de mais de 500 anos que esse país tem com os negros, porque os juros continuam rolando em suaves prestações de racismo cotidiano. Mais não é por quê é impossível de pagar que a gente vai deixar de cobrar. Não senhor, nem sinhozinho! E vocês vão pagar por que esse peso da exploração que a gente carrega nas costas e esse chicote que segue estalando não machucam mais só quem vai do lado de cá. Vocês conhecem a própria culpa. Agente não queria ter vindo parar aqui. Nosso lar é do outro lado do oceano. Mais vocês nos trouxeram, então agora aguenta. Vai ter cota racial sim, e se reclamar vai ter mais.

Quem segue este blog, que eu chamei de O Cobrador por uma razão bem clara, sabe muito bem de onde eu vim, sem pai nem mãe e com uma avó pobre que me criou e que hoje eu ajudo a sobreviver. Você sabe também da dificuldade que foi deixar o interior e viver catando latinha pela cidade pra pagar um cursinho pré-vestibular. Eu venci sozinho e quase sem ajuda, mais meus amigos de rua, os mais fiéis que um homem pode ter, não conseguiram. A minha história não vale como exemplo, eu sou a exceção da exceção, e se fosse pra servir de argumento contra a necessidade de promover a igualdade por meio de reparações eu preferia nem ter entrado na universidade. E para aonde eu vou quando sair daqui? Não me vem com essa ladainha de meritocracia, porque isso não existe. É muito fácil falar quando você já nasceu bem de vida. Os negros precisam de oportunidades e a cota no serviço público é migalha perto do que esse país escravocrata fez com o povo africano. O Estado brasileiro é racista, nos deve e nós vamos cobrar.

É por isso que nós estamos convocando um boicote à revista *Factóide*, que se posicionou contra as cotas raciais, e chamamos para a próxima terça-feira uma manifestação na frente da sede do grupo que publica esse lixo racista. Se eles não entenderam por bem que o jogo virou, vão entender por mau. Esta ação vai servir de exemplo para todo mundo que insistir em remar contra a corrente. A carne mais barata do mercado segue sendo a carne negra, mas o navio negreiro vai parar de circular, podem avisar por aí. E a dívida vai ser paga com correção monetária, porque é isso o que as ruas pedem. É isso que eu vi outro dia no ônibus: o menino que vendia chiclete apelava para a boa vontade dos passageiros. Sua mãe era faxineira, ele dizia, e ela estava com dificuldade para trabalhar depois de machucar a perna numa queda a caminho do serviço. Ele ia ouvindo uma sequência de nãos, mas não deixava barato. A cada negativa, ele sussurrava: "Zumbi vai te pegar, Zumbi vai te pegar".

Aquele menino não tinha educação formal, mais mesmo ele sabia da luta quilombola. Emocionado, comprei todos seus chicletes, porque ele já tinha me dado muito mais do que os vinte reais que entreguei em suas mãos. Ele me deu olhares brancos assustados, olhos verdes e azuis desconfortáveis, sem saber para onde olhar, buscando ajuda entre os seus, desnorteados, acuados pelo ressentimento centenário daqueles que fugiram para sobreviver e agora voltam para cobrar. É o cobrador do Rubem Fonseca, a legião negra de cobradores de "colégio, namorada, aparelho de som, respeito, sanduíche de mortadela, sorvete, bola de futebol". E agente fica na frente da televisão para aumentar o ódio, que nem o cobrador. "Quando minha cólera está diminuindo e eu perco a vontade de cobrar o que me devem eu sento na frente da televisão e em pouco tempo meu ódio volta". E a gente vê só os brancos na televisão, dominando as novelas, os comerciais, o padrão de beleza. Esse tempo está acabando, por mais que essa elite branquela não queira.

4

Três cuecas extras, dois pacotes de biscoito recheado, escova e pasta de dentes dentro da mochila. Francisco estava pronto para tomar o prédio da reitoria. Ele não sabia exatamente como se comportar em um ambiente como aquele. Tentava não demonstrar nervosismo e, na verdade, torcia para que a ação fosse adiada. Talvez o clima não fosse o ideal para uma atividade como aquela... O tempo estava muito seco. Alguém podia passar mal. E se o reitor chamasse todo mundo para conversar e concordasse em expulsar os policiais do campus? Talvez fosse melhor tentar conversar de novo... Mas não havia nem clima para sugerir aquilo. Todos pareciam tranquilos. Satisfeitos. Empolgados. A ação era corriqueira e muitos ali já tinham participado de invasões antes. Além do mais, boa parte deles provavelmente já estava entorpecida. Não necessariamente por drogas, mas pelo estado de virtude e poder do qual Francisco sentiria o primeiro toque enquanto a pequena multidão se deslocava em direção à reitoria.

As dúvidas de Francisco em relação àquela aventura, que dificilmente agradaria a seus pais, se dissiparam no momento em que ele identificou Sara no meio da turma que devia contar 20 pessoas. Eles estavam descontraídos e as conversas nem sequer giravam em torno da invasão que estava prestes a ocorrer. Ele se preocupavam com muitas coisas ao mesmo tempo. Seus braços, naquele instante, só podiam alcançar a universidade, mas era como se quisessem segurar o mundo inteiro nas mãos e moldá-lo, como massa de modelar, à forma que lhes parecesse melhor. E não havia nada que eles acreditassem impossível de mudar, com a exceção óbvia de suas próprias convicções.

Naquela quarta-feira, Sara acordara perturbada por uma piada. Ela levava as piadas muito a sério. Mas Francisco não sabia disso ainda e, ao ouvir sua musa lamentar o fato de que um humorista contou uma piada sobre estupro em um programa de televisão a cabo na noite anterior, o calouro desdenhou.

"É só uma piada sem graça", disse, tentando reduzir aquela brincadeira ao seu tamanho real.   Ele estava convencido de que consolaria e protegeria Sara das garras cruéis do ofensivo piadista. Mas Francisco não recebeu um agradecimento em troca. Pelo contrário. Naquele olhar de estupefação que Sara lhe devolveu parecia se esvair todo o traje de gala de virtudes — em que o amor pelos pobres era o fraque, a defesa dos negros fazia as vezes de gravata, a celebração dos transgêneros era o colete e o feminismo caía como cartola — que o galanteador tinha se esforçado para vestir durante a última semana. Aquilo não era só uma piada, a menina explicava em fúria, mas um endosso à cultura do estupro. Apenas àquela piada, aliás, era possível atribuir diretamente cerca de 50% das dezenas de abusos sexuais cometidos por dia no país, Sara acrescentou.

"No momento em que se naturaliza uma violência como essa, o humorista assume a responsabilidade pelos atos cometidos por esses pervertidos. O humorista e todos aqueles que tentam relativizar esse tipo de piada têm parte da culpa. Sem falar que um humorista de verdade tem por dever mirar sempre contra o opressor, e nunca contra o oprimido", finalizou Sara.

Francisco nunca tinha imaginado que um humorista pudesse pensar em outra coisa além de fazer rir, mas não tinha alternativa senão concordar com a menina. O jovem pediu desculpas, disse que estava tentando ajudar, mas era tarde. O campo minado tinha muito mais explosivos do que o estudante apaixonado conseguia identificar àquela altura. O estrago estava feito e seria preciso se empenhar um pouco mais durante aquela ação na reitoria para reparar o erro. Foi com esse sentimento que Francisco partiu, em meio ao grupo que já contava cerca de 40 pessoas, algumas delas com os rostos cobertos por camisetas, rumo ao prédio da administração da universidade abastecidos por gritos de palavras de ordem. Francisco nunca tinha gritado tão alto.

O campus estava tranquilo naquele início de tarde. O campus era tranquilo. Era como se nada acontecesse por ali, a não ser quando alguém resolvia protestar ou fazer uma intervenção artística ou quando uma turma de calouros da agronomia era forçada a passar por um trote cuja brutalidade inevitavelmente ia parar nas páginas dos jornais e virava motivo para manifestos inflamados — seja porque um dos novatos coagidos a beber vodka sofreu um coma alcoólico e foi encontrado desmaiado em uma calçada nas imediações da universidade ou morto dentro da piscina do centro olímpico, ou ainda porque um vídeo que registrou as calouras rebolando numa disputa pelo respeito de seus veteranos desagradou um dos pais das envolvidas — ou quando uma festa não autorizada saía do controle dos organizadores e os custos pelos danos ao patrimônio público iam parar na planilha de orçamento da universidade para o próximo ano letivo, porque o dinheiro para reparos naquele período já tinha acabado. Naquele dia específico, o evento da universidade era o protesto contra a Polícia Militar, cujos representantes repetiam aos gritos lemas como "POLÍCIA, FASCISTA, NÃO PASSARÃO", "VEM PRA RUA, VEM, CONTRA A PM", "O POVO, UNIDO, JAMAIS SERÁ VENCIDO", "QUEM NÃO PULA É FASCISTA" e "OCUPA, OCUPA, OCUPA E RESISTE" enquanto avançavam embalados pelas batidas de bumbos.

O clima era de festa e Francisco sentia enfim que aquilo era um tipo de diversão, um bom passatempo. Não a diversão gratuita e egoísta de um carnaval fora de época ou de um show de rock, mas a diversão produtiva, militante, correta, a diversão capaz de mudar o mundo. A inebriante e poderosa diversão que só a pureza juvenil pode proporcionar. Eles avançavam com uma força de que ninguém ali, naquele grupo, seria capaz de reunir sozinho. Eles não eram atletas. Não eram gênios. Boa parte deles não seria capaz de enumerar mais de duas qualidades de valor prático. Eles eram os párias, se preferir, mas estavam juntos, unidos, eram um corpo só, unificado por um objetivo comum. E, juntos, eles eram mais fortes do que a polícia, mais fortes de que a rocha, do que o escudo. Eles avançavam sem obstáculos, mas, se obstáculo houvesse, passariam por cima. Porque eles formavam uma massa homogênea. E porque estavam certos.

Em meio àquela poderosa multidão, Francisco desejou que Marcos Vinícius cruzasse o seu caminho. Desejou que seu inimigo estivesse do lado da polícia e tentasse impedir os manifestantes de chegar à reitoria. Assim, todos os anos de *bullying* e aquele apelido idiota poderiam ser exorcizados numa cerimônia solene de pisoteamento público. Infelizmente, Marcos Vinícius não seria pisoteado naquela tarde. Mas Francisco tinha provado o poder da massa. E gostou. Quem conseguisse controlar a turba poderia pisotear aquele que desejasse.

Os seguranças da universidade aguardavam os manifestantes em frente à rampa do prédio da reitoria. Aliás, a reitoria da Universidade Nacional do Brasil era composta por dois prédios contíguos, cada um com três andares. As duas estruturas eram conectadas por uma rampa central em espiral e vazada, sem paredes, que levava do andar de um edifício ao andar seguinte do outro, de forma que seu início, no subsolo, conduzia ao térreo de um dos prédios, enquanto o térreo deste era ligado ao primeiro andar do outro, mais elevado, pela continuação da rampa, que seguia pelo segundo andar do primeiro edifício até os últimos pavimentos. Tudo aos complexos moldes da arquitetura moderna. Muito mais complexo do que a missão da turba: passar por cima de 15 seguranças fora de forma e longe da idade recomendável para desempenhar funções que exigem força. A maioria deles provavelmente se encaixaria em grupos que os indignados militantes gostariam de defender, mas infelizmente os seguranças se encontravam do lado errado, submetidos a uma opressão que os obrigava a defender o establishment. Era preciso libertá-los, ainda que eles não conseguissem entender que aquilo tudo era para seu próprio bem.

"VOCÊS NÃO QUEREM DEFENDER ESSA REITORIA",

"ELES TAMBÉM OPRIMEM VOCÊS", "SEU LUGAR É DO NOSSO LADO, VEM PRA CÁ", gritavam os manifestantes.

Francisco também gritava. Por que aqueles seguranças não podiam ser livres como a multidão? Precisavam ganhar dinheiro, claro... Mas a multidão poderia lhes oferecer mais do que dinheiro. Podia lhes conceder a liberdade, devolver-lhes o comando de suas próprias vidas. Seria um reinício para aqueles pobres coitados que nunca tiveram uma chance. Eles não estavam condenados ainda, podiam ser o que quisessem. Bastava se incorporar à massa. A massa que não estava submetida a ninguém, a nenhum interesse maior do que a liberdade de escolher o próprio caminho. Mas o dinheiro, como sempre, falou mais alto, e os seguranças permaneceram diante da multidão que, após o breve momento de generosa hesitação, voltou a se mover para cima da trincheira inimiga.

Apesar da idade avançada e dos quilos extras, a linha de defesa da reitoria sustentou bravamente o primeiro avanço, empurrando a primeira linha invasora, que caiu sobre os manifestantes que vinham atrás. Mas os militantes eram muitos e, apesar dos socos e empurrões dos seguranças, a resistência foi rompida. Os protetores da reitoria foram sendo engolidos pela massa estudantil que avançava sem misericórdia por cima deles aos gritos de "SEM VIOLÊNCIA", correndo pela rampa de piso preto emborrachado em direção ao gabinete do reitor, localizado no terceiro e último andar do prédio mais alto.

A porta do gabinete do reitor estava guardada por mais cinco seguranças, esses um pouco maiores e mais novos do que os da primeira barreira. Entrar ali exigiria uma manobra mais cuidadosa do que o avanço feito para iniciar a subida, porque a porta permitia a passagem de menos pessoas e porque, apesar de a rampa ser escoltada por dois grossos corrimões de madeira, os vãos modernistas daquela estrutura eram um convite ao abismo. Mas a multidão não tem cuidado. A multidão não tem medo, não tem receio. A multidão não sente, ela avança. E a massa foi espremendo os seguranças contra a porta do gabinete até que aquela estrutura frágil e oca, composta por duas finas camadas de madeirite, cedeu. Os gritos de "SEM VIOLÊNCIA" agora eram acompanhados por pedidos de ajuda e por clamores agudos de vozes femininas que imploravam pelo fim da brutalidade e competiam com o som dos sopapos trocados entre os estudantes mais valentes e os seguranças, alguns deles já caídos no chão, mas ainda empenhados na batalha, que se transformara em um somatório de disputas individuais pela própria honra.

Os gladiadores universitários ainda se atracavam quando os primeiros invasores tomaram a base inimiga. Não havia mais ninguém do corpo administrativo na sala. O reitor e suas secretárias já haviam deixado o recinto pelo elevador exclusivo, que levava direto para o térreo e cuja porta ostentava um grosso cadeado. A primeira porta rompida levava à antessala do gabinete, ocupada por duas mesas para as secretárias e dois armários de madeira com portas de vidro que exibiam os presentes recebidos pelos reitores, entre eles vasos chineses e flâmulas esportivas. Como a porta do gabinete também estava trancada, os estudantes arrobaram com suas pernas e ombros o último obstáculo, tão frágil quanto a primeira porta derrubada, e tomaram a reitoria.

***

"AHA, UHU, A REITORIA É NOSSA", gritavam os vitoriosos aos pulos enquanto admiravam os seguranças baterem em retirada pela rampa, humilhados. Alguns dos funcionários da universidade sangravam. Alguns dos invasores também. Os dois lados contavam seus feridos e tratavam de medicá-los. Mas o sangue dos estudantes valia mais. E não apenas porque seus pais eram mais importantes ou porque eles tinham em suas contas bancárias mais dinheiro do que aqueles vigias ganhariam ao longo de um ano inteiro. A violência da instituição contra seus próprios alunos ajudaria a ampliar o até então tímido movimento. Aquilo não era mais apenas um protesto em resposta à opressão policial contra dois usuários de droga. A partir dali, a mobilização viraria um movimento em resposta à truculência de uma universidade contra os seus próprios alunos, que, ao invadir a reitoria, não faziam mais do que cumprir seu destino enquanto universitários: lutar para mudar o mundo.

As imagens da batalha, exibidas na televisão e compartilhadas pelas redes sociais, ajudaram a atrair ainda mais estudantes e professores para a ocupação nos dias seguintes e jogaram holofotes sobre a conduta do reitor nas mais diversas áreas. Justino Cadabra era acusado de favorecer o grupo de poder que se montara ao seu redor, não parecia ser capaz de colocar as contas da universidade em ordem e enfrentava dificuldades para cumprir suas promessas de campanha. Do outro lado do ringue, os estudantes sangravam por aquela universidade e, apesar das dores e dos lamentos, seu sangue era doce. Os invasores celebravam a vitória contra a equipe sênior dos seguranças, claro, mas cantavam também os motivos pelos quais lutavam. Eles lutavam pela liberdade, contra a opressão, por um mundo melhor. Seus inimigos estavam ali porque precisavam, porque eram obrigados, submetidos que estavam à lógica do capital. A reitoria oprimia, os estudantes libertavam.

Francisco estava ali porque queria, porque era livre, e tomou a liberdade de se sentar na cadeira do reitor. Confortável. Muito confortável. Era a peça mais moderna do gabinete, uma peça vinda do futuro diante da pesada mesa de madeira cheia de gavetas atrás da qual ela se escondia. Era uma cadeira grande, imponente, mas moderna, de couro preto e com uma estrutura metalizada, reclinando, fluindo com facilidade sobre suas rodas pela ampla sala até encontrar o tapete sobre o qual descansava a mesa de centro transparente com livros de fotos sobre Singapura e Taiwan. Os dois sofás, feitos de um couro tão agradável e escuro quanto o da cadeira, eram as peças da reitoria que melhor desempenhariam o papel de cama durante aquela aventura, e virariam alvo de disputa após intensos dias de debate e luta. Uma longa mesa de reuniões feita de madeira de lei e suas dez cadeiras completavam o mobiliário do cômodo e lhe davam um ar de dignidade que apenas a idade é capaz de atribuir. Nas paredes: diplomas, títulos, prêmios, prateleiras com troféus e gritos. Não, os gritos vinham do lado de fora da sala.

"VÃO ARRUMAR O QUE FAZER! Toda semana é isso!", protestava um homem corpulento de cerca de 50 anos, cuja camisa suada e com os três botões mais elevados abertos emoldurava uma desagradável exposição de pelos grisalhos em seu peito.

Os funcionários da reitoria trancavam seus escritórios e deixavam o prédio, que passava ao comando dos estudantes. Rompida minutos antes, a barricada dos seguranças no início da rampa dava lugar a uma barreira estudantil. A partir daquele momento, só passariam por ali aqueles que os jovens permitissem.

"Qual é o motivo da invasão desta vez? Eu tenho três relatórios para entregar até o fim da semana. Tem colega de vocês que vai perder estágio por conta dessa brincadeira. A gente não consegue uma semana de paz!", resmungava a bola de pelo cinza enquanto um colega o encorajava a deixar o prédio.

"Zé, vamos embora. Deixa essa turminha aí, eles querem é confusão mesmo."

"Ô, Moreira, tem que ter algum limite. Tem que ter ordem. Esse pessoal não pode chegar aqui e fazer o que quiser toda a hora. Ele tiram todo mundo do prédio durante dias pra ficar essas menininhas desfilando de perna de fora."

"AAHH, tinha que ser MISÓGINOOOO!", surgiu Júlia do meio dos estudantes para enfrentar o rebelde servidor público. "Quer dizer que o senhor pode andar por aí com essa camisa aberta e os pelos de fora, mas a gente tem que esconder as pernas? Faça-me o favor, meu senhor. Este é um movimento sério contra a polícia e eu exijo respeito."

"Contra a polícia? O que vocês têm contra a polícia?", questionou o espantado Zé peludo.

"A presença de policiais zanzando pelo campus tira a li-berdade da comunidade acadêmica", respondeu Júlia, indignada.

"Tira a liberdade? Só se for a liberdade do bandido, e olhe lá. Quando levaram o meu carro desse estacionamento aqui da frente no mês passado não tinha policial nenhum pra ajudar. Tá é faltando policial por aqui. Vocês deviam protestar por mais polícia, não menos. Moreira, olha essa, a molecada quer menos policiamento. O que estão ensinado pros estudantes desta universidade?"

"Estão nos ensinando a ser livres. Ensinando a pensar, pra não acabar como um BUROCRATA FASCISTA DENTRO DE UM GABINETE", respondeu Júlia, elevando o tom para que o Zé burocrata ouvisse toda sua réplica enquanto enfim descia a rampa da reitoria para conferir se seu carro novo continuava no estacionamento.

Sara confortou a amiga enquanto os novos chefes da reitoria seguiam para a primeira das várias assembleias que seriam realizadas durante os cinco dias de ocupação. Os seguranças ainda não tinham voltado para bloquear as entradas da reitoria — isso só aconteceria no início do quarto dia — e os manifes-tantes não precisavam se preocupar em ocupar todos os recintos acessíveis do prédio para garantir a sua posse. Partiram, então, os vitoriosos para o vão de cimento que dividia com um jardim o espaço de 50 metros entre os dois prédios da reitoria. Enquanto os estudantes se acomodavam no chão para ouvir os comandos de Gabriel, um outro foco de barulho se aproximou da reitoria. Eram 15 pessoas que carregavam bandeiras com reivindicações de moradia e seguiam o poeta sem-teto Carlos Brum.

Carlos achou que a melhor forma de contribuir para a causa em questão era agregar mais uma "camada reivindicatória" ao movimento — o que, segundo ele, não deixava de ter uma carga simbólica muito forte, já que a universidade era a segunda casa de muita gente ali.

"Além do mais, muitos desses gabinetes poderiam ser considerados território improdutivo", Carlos acrescentou, debochando.

Oito dos sem-teto de Carlos passariam as férias na reitoria. Horas depois de eles chegarem, o poeta sem-espaço faria as honras de corretor ao apresentar os cômodos do empreendimento aos novos inquilinos. Antes, contudo, era preciso deliberar por meio de uma assembleia geral e soberana, entre as dezenas de assuntos que seriam discutidos durante aquela tarde, se o movimento aceitaria abrigar os sem-teto em território universitário.

Ao longo do debate sobre o assunto, em que os militantes se revezaram atrás de um megafone, não se levantou uma única voz contra a permanência dos novos inquilinos, o que não quer dizer que alguém tenha dispensado a oportunidade de manifestar sua opinião publicamente sobre a questão. E esse seria apenas o terceiro tópico de discussão do dia.

Primeiro, era preciso decidir se o movimento permaneceria no prédio. E não é que alguém quisesse sair, mas o debate, no qual, como era de costume na universidade, todos concordavam como se estivessem discordando, levou mais de duas horas para terminar. Ao final, todos levantaram as mãos a favor da ocupação. O segundo assunto a ser definido era a lista de reivindicações do movimento. O grupo chegou ali para expulsar a polícia, mas, já que estavam todos por lá, por que não acrescentar mais alguns itens à lista de exigências?

Os moradores da Casa do Estudante queriam a ampliação dos benefícios para os alunos carentes, uma promessa de campanha do professor Justino Cadabra. Eles também exigiam o arquivamento dos processos que pretendiam responsabilizar oito alunos pelo prejuízo calculado em R$ 29 mil causado pelo "catracaço" do ano passado, quando dezenas de estudantes pularam as catracas do restaurante universitário para comer de graça durante um dia inteiro, como forma de pressionar o reitor por melhorias naquele serviço.

O coletivo Transadas, por sua vez, exigia mais respeito aos transgêneros na universidade e protestava contra os rumos que a festa à fantasia do CA de Letras tinha tomado. Os transexuais demandavam a promoção de campanhas em favor da diversidade e a criação de uma semana dedicada a temas ligados à questão de gênero.

Na sequência, uma menina que usava um lenço na

cabeça e que se apresentou como representante do Grupo Auto-organizado de Mulheres da Universidade Nacional do Brasil clamou pela liberdade das mulheres no campus, em protesto contra a "reação reacionária" e repressiva de parte da comunidade acadêmica ao ato em que dez estudantes seminuas protestaram contra o "androcentrismo" e a violência contra a mulher enquanto urinavam em baldes e se masturbavam. O ato tinha ocorrido algumas semanas antes da ocupação da reitoria. Segundo a moça, que demandava da universidade garantias de segurança para esse tipo de manifestação, o ato "foi uma demonstração de resistência e serviu como instrumento de arte para divulgar nossa luta e nossa causa, tão necessárias em um momento em que uma onda conservadora começa a tomar o país". Ela seguia, interrompida apenas por aplausos da assembleia: "Parece que nosso protesto provocou desconforto em alguns, mas êxtase e raiva em outros, que só conseguiram expressar deboches e xingamentos. Isso quando não partiram para agressões físicas e intimidações. Aterrorizadas, as pessoas não compreendiam por que meninas sem roupa gritavam e urinavam em baldes. Diziam que a cena era deprimente e até hoje nos xingam nas redes sociais. Deprimente é a realidade dos fatos: nós, mulheres, somos expostas diariamente a homens urinando em público, mas isso é normativo em uma sociedade da normose, a doença da normalidade."

A menina tinha razão. Podia-se acusar aquele grupo de manifestantes de qualquer coisa, menos de ser normal. Eles eram diferentes. Sentiam-se diferentes. Queriam ser diferentes. Se estivessem sob responsabilidade daquela assembleia, as leis da física provavelmente seriam revogadas uma a uma naquela tarde e sairiam todos flutuando contra a opressão da gravidade assim que o resultado da votação fosse proclamado. Mas voltemos a colocar os pés no chão, porque enquanto os estudantes se encarregavam dessas longas e libertadoras deliberações, carros de emissoras de televisão e de jornais começaram a estacionar ao lado da reitoria.

Os repórteres desciam dos veículos querendo saber

quem era o líder do movimento e, ao perceber que alguns desavisados o apontavam como chefe, Gabriel se adiantou. Tal qual faria um verdadeiro líder, Gabriel disse aos repórteres que o movimento não tinha líderes, que era espontâneo e que ninguém iria falar com a imprensa até que a assembleia elegesse a diretoria de imprensa — da qual Francisco acabaria fazendo parte, por cursar jornalismo. Os assessores de imprensa do movimento ouviriam os questionamentos e responderiam aos jornalistas assim que designados. Os repórteres que quisessem informações teriam de aguardar o fim da reunião. Francisco pensou que talvez aquela profissão não valesse mesmo a pena.

Gustavo Prudente

Os irresponsáveis

Antes de deixar a universidade, o debate acadêmico faria bem em frequentá-la. É pouca, quase inexistente, a troca de ideias no ambiente universitário brasileiro, e aqueles que se arriscam a discordar se tornam alvos. É o que julgo ter acontecido comigo no artigo "Contra os pobres", publicado neste **jornal** pelo meu colega de Universidade Nacional do Brasil Augusto Canaglia.

No texto, o professor do Departamento de Filosofia escreve, em resposta à entrevista "Fomos educados a desconfiar da iniciativa privada", concedida por mim a este mesmo periódico, que "o neoliberalismo só vingou na América Latina por conta desse tipo de puxa-saco do imperialismo estadunidense que abriu as veias do continente e as deixou escorrendo durante as três últimas décadas do século 20". O ataque pessoal se dilui em meio ao amontoado de lugares-comuns recorrentes na intelectualidade nacional que Canaglia parece reunir sem esforço, como boa parte de seus colegas faria, para sustentar um ideário que mantém nossa região muito perto do lugar no qual nos encontramos desde que os europeus foram embora.

Para o especialista em filosofia marxista, meu estudo *Os impactos do Estado de bem-estar social no aumento da desigualdade* — que, como fica claro no artigo, ele não leu — serviria apenas para "manter a lógica da Casa Grande e dirigir os recursos comuns para as mãos dos mais ricos". A análise injusta faz parte de um vicio contra o qual a academia brasileira precisa se insurgir caso pretenda de fato colaborar para a prosperidade do país.

Meu estudo não tem a intenção de confrontar o Estado de bem-estar social, e sim de analisar seus limites e alertar para os riscos de que essas políticas estatais obtenham resultados contrários aos pretendidos. O argumento básico, que está embasado nas pesquisas que indicam um aumento na desigualdade econômica em diversos países desenvolvidos, é que a comodidade gerada pelo Estado de bem-estar influencia negativamente a busca por prosperidade de uma nação.

Quem tem dinheiro o bastante para suprir suas necessidades não tem por que se esforçar tanto quanto alguém que se acostumou desde cedo a tentar garantir o próprio sustento. Na busca pelo conforto, estaríamos desprezando um motor básico do progresso: a necessidade. Não se trata aqui de abolir benefícios estatais, como querem fazer crer analistas como Canaglia, mas de refiná-los de modo a que cumpram seus objetivos sem a necessidade de reformas tão drásticas, como ocorre a cada 20 ou 30 anos nos países da Europa (em alguns anos, seremos nós a fazê-lo).

Considerar que possa haver boa intenção ou qualquer virtude em um raciocínio com o qual seu grupo não compactua é impensável para a maior parte do que se considera a elite intelectual brasileira. Nossos intelectuais gritam assustados ao primeiro sinal de raciocínio mais complexo, principalmente se ele não endossar a surrada luta de classes. Para esses intelectuais, se um ganha, o outro deve perder, como se não fosse possível construir um cenário em que todo aquele que se empenha pode prosperar.

O resultado disso é uma educação superior completamente apartada da realidade — o que faz jus, aliás, aos revolucionários franceses que, longe da cúpula do Antigo Regime, imaginaram soluções ideais para proporcionar as utopias que formulavam, como mostra Tocqueville. Hoje o estudante brasileiro aprende como o país deveria ser — com menos desigualdade, mais eficiência, etc — mas, se seus mestres não têm ideia de por que o Brasil é desigual ou ineficiente, se não compreendem os mecanismos decisórios e a origem das estruturas político-sociais que tanto criticam e se têm o julgamento turvado por ideologias, como seus alunos vão aprender a lição?

O estudante brasileiro aprende sobre seu país sem qualquer noção de responsabilidade, sem a consciência de que, quando chegar a postos de comando ou poder, vai precisar fazer escolhas e eleger prioridades, porque não é possível fazer tudo. O dinheiro público é finito e, em determinado ano, construir uma escola poderá significar não ampliar um hospital. Sem essa noção, de pouco servirão os sentimentos com os quais alimentamos nossos alunos; sentimentos por meio dos quais costumamos resumir a atividade pública a uma mera questão de vontades.

A universidade brasileira se encastelou em torno de um pensamento unificado que reinou durante décadas, e resistiu durante o período de exceção da ditadura militar — quando, aliás, se fortaleceu. O castelo provavelmente permanecerá erguido durante outras décadas, mas, graças à internet, suas muralhas começam a ser penetradas por seres estranhos a seu mundo. Quando os muros caírem, os *campi* serão invadidos por uma horda inevitável, irresistível e irrefreável chamada tradição. Um horda que age disciplinada apenas pelo passado e que avança a partir de um instinto acumulado durante milênios, uma força da natureza, enfim, como um rio que avança sem misericórdia simplesmente porque tem de avançar.

Vem de fora a influência que vai ampliar os horizontes do pensamento brasileiro, aprisionado desde a década de 1960 na própria década de 1960. E restará apenas, para aqueles que se recusaram a debater durante todos esses anos, debater-se diante do inevitável.

5

"Em uma ocupação, é preciso se manter ocupado", ensinava Carlos. Seus inquilinos já estavam acomodados debaixo do teto da reitoria e o corretor-lírico tentava emplacar o festival de poesia sem-teto na programação a ser elaborada pela diretoria de cultura da ocupação. O dia seguinte seria cheio de atividades. Às 8h estava programado um café da manhã. Às 9h, seria exibido o documentário *Ônibus 174*, que serviria de base para um debate sobre a violência policial no Brasil, marcado para as 10h30. Às 13h, seria servido o almoço. Para as 15h, estava marcada uma panfletagem pelo campus, para recolher fundos que financiassem a ocupação.

O festival de poesia sem-teto soou como um bom pretexto para pedir contribuições. Carlos se dispôs a reverter para o movimento tudo o que fosse arrecadado em nome de seus poemas — em troca, ele pedia apenas a atenção que a universidade vinha lhe negando. Após a panfletagem, portanto, estava marcada uma oficina de poesia sem-teto, comandada pelo próprio poeta sem-espaço, para que fossem elaboradas as obras a serem apresentadas na noite do dia seguinte.

Invadir um prédio público não parecia uma experiência tão ruim. O grupo que originalmente contava com 40 pessoas já tinha se ampliado para cerca de 200, entre novos membros e curiosos, que passaram pela reitoria para entender o que estava acontecendo. Tudo ia bem até um oficial de justiça aparecer com uma ordem para a desocupação imediata do prédio. A decisão estipulava pena de multa diária de R$ 5 mil para o Diretório Central dos Estudantes, que promovia a ocupação pelas mãos de seu presidente, Gabriel. Começava a escurecer quando o homem da lei chegou e, minutos depois, quando os estudantes ainda deliberavam sobre a decisão de ignorar a ordem de reintegração de posse, a luz da reitoria se foi. Além da energia, a água também tinha sido cortada, e a Polícia Federal ameaçava aparecer a qualquer momento para retirar os invasores do prédio à força.

Francisco se perguntava o que estava fazendo ali e cogitava ir embora quando avistou Sara, que subia pela rampa para o gabinete do reitor. Ele subiu atrás dela e, ao se aproximar, chamou seu nome. Sara se virou para ele. Parecia preocupada. O telefone celular de Francisco tocou. Era o pai dele. Francisco pediu que Sara lhe esperasse naquele mesmo lugar enquanto atendia à chamada. O pai de Francisco tinha ouvido falar sobre a invasão da reitoria pelo noticiário e queria saber por onde o filho andava.

"Oi, pai... Sim, eu tô na reitoria... É uma manifestação contra a opressão, pai... Não, eu não estou fumando maconha... Eu sei que a origem do protesto foi a prisão de dois estudantes que estavam fumando, mas o movimento é maior do que isso. Os professores dizem que a gente vai aprender muito com esse processo."

O pai de Francisco não entendia como a invasão de um prédio público poderia ajudar na educação de seu filho, e o próprio estudante tinha lá suas dúvidas. Mas o jovem disse que passaria a noite dentro da reitoria. Francisco penava para convencer o velho, mas Sara ia balançando a cabeça positivamente a cada uma de suas explicações. Não é possível dizer que Afonso Pedroso de Hollanda fosse completamente avesso à ideia de manifestações de rua ou contrário a organizações políticas, como é de se esperar de pessoas mais velhas. Era pior do que isso: o pai de Francisco simplesmente ignorava a atividade política. Por falta de tempo ou interesse, a política nunca tinha entrado na casa dos Hollanda, a não ser durante os períodos de eleição, quando as propagandas se tornavam inevitáveis na televisão.

"Que loucura, Francisco! Você se machucou durante a invasão? As imagens da tevê mostram o maior quebra-pau com os seguranças."

Estava tudo bem. Francisco não sofrera nem um arranhão. Era safo, seu pai o conhecia. A muito custo, o menino tranquilizou o pai. Sua mãe daria mais trabalho.

"Francisco Pedroso de Hollanda, como é que o senhor se meteu nessa história?", perguntou com firmeza a mãe, Patrícia.

Para resolver a questão com ela, talvez fosse melhor Francisco se afastar um pouco de Sara.

"Mãe, calma, eu tô bem."

"Mas eles estão dizendo na televisão que cortaram a água e a luz e que a policia pode entrar a qualquer momento."

Francisco disse que as negociações para restaurar o fornecimento de energia e de água já tinham começado e que aquilo seria temporário. Aliás, a ocupação devia ser bem rápida, provavelmente no dia seguinte todos já teriam deixado o prédio.

"Francisco, eu nem consigo lembrar a última vez que você dormiu fora de casa. Agora, você me diz que vai dormir na reitoria? Eu vou aí ver como você está."

"Não, mamãe, por favor, pelo amor de Deus, não aparece por aqui... Sim, eu trouxe roupa extra... Eu trouxe cuecas! Escova de dente? Claro que eu trouxe... Não avisei sobre a ocupação porque não queria preocupar vocês, mas pode ficar tranquila. Eu tô ótimo, fazendo vários amigos por aqui... Isso, mamãe, amigos. Vai dar tudo certo. Agora passa pro papai, por favor."

Francisco fez o pai jurar que não deixaria sua mãe se aproximar da reitoria enquanto aquele protesto estivesse ocorrendo. Ele prometeu que ligaria para casa na manhã seguinte. Aliviado, Francisco desligou o telefone e se animou ao ver que Sara ainda o aguardava na rampa.

"É difícil explicar pros nossos pais, né? Meu pai também me ligou. Ameaçou cortar minha mesada. Que saco! Eu espero que as coisas por aqui se resolvam rápido, não sei se tô disposta a passar muito tempo neste prédio. Sem luz, sem água", reclamou a menina.

Os dois subiram a rampa conversando sobre a relação com os próprios pais até chegarem ao gabinete do reitor. Sara queria descansar, mas os dois sofás já estavam ocupados pelos sem-teto. A dupla acabou se sentando em um dos cantos vazios da sala, escorados na parede, e Francisco perguntou se Sara não queria fundar o Movimento dos Sem-Sofá. Desarmada, a menina até tentou conter o sorriso, mas não conseguiu. Francisco disse que ia ficar tudo bem. Assim que eles deixassem aquele prédio, seus pais iam esquecer tudo e Sara poderia viajar para Orlando. Francisco não conhecia os parques. O mais perto que tinha chegado da Disney foi jogando *Castle of Illusion* no Mega Drive.

"Nossa, eu adorava esse jogo do Mickey", disse Sara.

Era demais! Sara, cuja beleza a dispensava de ter qualquer outra qualidade, também gostava de videogames. Francisco disse a ela que tinha praticamente sido criado pelos jogos eletrônicos. Ele era uma espécie de Mowgli posto sob a responsabilidade dos videogames. Desta vez Sara gargalhou. E Francisco, cada vez mais confiante, seguiu em sua dança do acasalamento.

"Eu comecei com o Mega Drive, quando era bem pequeno, porque meus primos mais velhos tinham um. Mas o meu primeiro videogame mesmo foi um Sega Saturn."

Francisco era do clã Sega. Sara tinha sido criada pela família Nintendo, mas gostava do Sonic.

"E como era mesmo o nome daquele bonequinho de capacete?", ela perguntou.

Mega Man. Francisco também gostava do Super Mario. Aliás, foi por conta de *Mario Kart* que ele trocou seu Sega Saturn por um Nintendo 64. Eles tinham tanto em comum... E Francisco, que não tinha nenhum conhecimento acerca da arte de conquistar uma mulher, instintivamente deixou Sara falar, como se já soubesse que tudo do que elas precisam é atenção.

Sara contou que seu pai a pressionou a fazer o curso de direito, para assumir o escritório de advocacia da família, mas que ela se rebelou e escolheu antropologia sem falar para a família. A relação não estava fácil desde então, e ela considerava inclusive trocar de curso. E seu namorado, Sara, o que acha de tudo isso? Ela tinha terminado três meses antes o relacionamento de dois anos com um colega do colégio depois de descobrir que ele estava saindo com outra menina. Que absurdo! Como era possível não se satisfazer com uma mulher daquelas? Sara disse que tinha decidido dar um tempo nos romances, mas que os homens pareciam não entender isso, porque seu jeito carinhoso os levava a achar que ela estava dando mole para todo mundo o tempo todo.

"Eu podia ter criado aquela página do Orkut: 'Sou legal, não estou te dando mole'."

Ela era legal mesmo. Como uma menina linda daquelas se prestava a conversar com um cara como Francisco? Tão atenciosa, divertida, delicada. Não parecia ter qualquer vaidade. E não tinha namorado. Mas não queria namorar. Será mesmo que ela não estava dando mole para Francisco? Bem, isso ainda estava por se provar.

"Mas eu já falei muito sobre mim. E você, não tem namorada?"

Não... Francisco também estava dando um tempo. Disse que teve uns rolos no colégio, apesar de não ter chegado nem perto disso, e lamentou que nada tivesse acabado muito bem. Seu relacionamento mais longo tinha sido online, com uma menina que ele conhecera numa sala de bate-papo. Um ano inteiro trocando mensagens e fotos. O caso terminou quando Bianca aumentou o preço cobrado para enviar suas fotos pelada — essa parte Francisco não contou a Sara.

"Você tá ouvindo isso?", Sara perguntou enquanto se levantava.

Pelo jeito estava acontecendo um show no térreo. Eles desceram a rampa e se depararam com uma festa. Uma banda de forró tinha se solidarizado com a causa e levou seus instrumentos para a reitoria. Os músicos tocavam à luz de velas. Francisco dançou abraçado a Sara — e a tantas outras meninas que ele não conseguiu, não queria, não precisava, manter a conta. Seis ou sete toques de pele diferentes, de um jeito que ele nunca tinha sentido, alguns mais cuidadosos e castos, outros desinibidos e sensuais, seis ou sete cheiros diferentes, nem todos tão bons quanto o de Sara, mas capazes de carimbar sua alma com odores de suor, de hálito, de maconha, de perfume, de incenso. Depois dos últimos toques do triângulo, Francisco seguiu exultante e desnorteado com Sara e os outros colegas de invasão para o gabinete do reitor, onde eles deveriam encontrar um lugar para dormir. Deitaram no confortável tapete que escoltava a mesa de centro, cuidadosamente afastada para um canto da sala. Terminava o primeiro encontro amoroso de Francisco. A empreitada para melhorar o mundo mal tinha começado, e seu mundo já estava bem melhor.

***

"MARCO ANTÔNIO! MARCO ANTÔNIO! ACABOU A FESTA, VAMOS PARA CASA."

Os gritos ecoavam entre palmas fortes pela silenciosa reitoria. O relógio de Francisco marcava 6h34.

"PAAAI... O que que o senhor tá fazendo aqui?", uivou em resposta Marco Antônio, de quem podia-se ver apenas os olhos por debaixo da camiseta que lhe cobria o rosto.

"Você não foi criado pra isso. Eu trabalho pra te sustentar. Não é pra esconder a cara. Tira essa camisa da cabeça e vamos embora", ordenou o homem cujo terno azul marinho e a gravata verde contrastavam com o cenário de desordem da reitoria, redecorada com cartazes de protesto por todos os lados.

"O senhor tá me humilhando. Para com isso, por favor. Eu tenho o direito de protestar", implorava o choroso revolucionário em um volume mais baixo, mas que ainda se ouvia de longe por conta do silêncio em volta.

"Você vai ter o seu direito quando trabalhar e ganhar o seu dinheiro. Eu sou seu pai. Escuta o seu pai: pega as suas coisas e vamos embora."

Um colega de manifestação se adiantou para tentar

aliviar a barra de Marco Antônio.

"Ô, tio, deixa o cara. O protesto aqui é pacífico, ele tem o direito. Tem muita coisa errada na universidade."

"ISSO AQUI É ENTRE MIM E O MEU FILHO", gritou o pai. "Marco Antônio, eu paguei a sua escola durante mais de dez anos. Eu e sua mãe trabalhamos para te sustentar. Vamos para casa, por favor. Você não vai mudar o mundo. Meu filho, você tem 17 anos, esta não é a hora. Eu te amo, cara. Você é meu filho. Eu estou pedindo demais? Marco, um passo de cada vez."

Marco Antônio acabou cedendo. Sua debandada da ocupação deixou um clima de constrangimento entre os que ficaram. O menino resgatado pelo pai parecia ter outros problemas a resolver antes de tentar solucionar o que enxergava de errado na universidade e no mundo. Outros pais compareceram à ocupação naquele dia pra saber como estavam os filhos e até com disposição de contribuir com suprimentos para o bom andamento do protesto. Diante de tanta movimentação, Francisco torcia para que a sua mãe não resolvesse aparecer para lhe dar lições sobre a vida ou, ainda pior, tentar ajudá-lo de alguma forma. Mandou uma mensagem de celular para a mãe e para o pai dizendo que estava tudo ótimo e que eles não precisavam se preocupar. Além do mais, havia tantas atividades programadas para o dia que, caso eles sucumbissem à vontade de checar como ia o filho, provavelmente nem lhe encontrariam na reitoria.

Na manhã de quinta-feira, o corte de água já mostrava seus efeitos no banheiro do gabinete do reitor. Era possível sentir de longe o fedor que empesteava o ambiente. Aquilo ia contra o que estipulavam os tratados de direitos humanos, constataram os invasores, e foi convocada uma assembleia extraordinária para determinar que qualquer tipo de diálogo com a reitoria só seria estabelecido após a volta da luz e do abastecimento de água. Um grupo foi destacado para levar as demandas à administração da universidade. O resto dos manifestantes poderia aproveitar a programação do dia. Além dos eventos previstos pela assembleia geral e soberana, era possível assistir a aulas públicas que os professores que apoiavam a ocupação ofereciam nas imediações da reitoria. Já tinham oferecido apoio ao movimento a Associação dos Professores da UNB e o Sindicato dos Funcionários, mas nem todos estavam do lado do movimento contra a PM no campus. A harmonia da ocupação foi rompida enquanto Francisco participava de uma oficina de confecção de cartazes de protesto.

Um grupo de cerca de cem pessoas, composto por professores, funcionários e estudantes, se aproximou da reitoria entoando o coro "VÃO ESTUDAR, QUEREMOS TRABALHAR". O lema estava estampado em uma faixa que os críticos do movimento carregavam à frente do bloco humano. Francisco notou que no meio dos contrarrevolucionários estavam Marcos Vinícius e Murilo Prachedes. Que bela oportunidade! E se ele insuflasse a massa a partir para cima daqueles reacionários? O militante de primeira viagem quase sucumbiu ao ímpeto de pegar uma pedra e avançar, mas percebeu que seu amigo Eduardo também estava ali, entre os inimigos. Francisco evitara responder às mensagens que o amigo lhe mandava desde a tarde anterior, para saber se ele tinha participado da invasão da reitoria, e achou melhor permanecer de fora do confronto.

Os gritos contra a invasão foram respondidos com o mantra "OCUPA, OCUPA, OCUPA E RESISTE". Camuflado entre seus colegas de ocupação, Francisco viu Eduardo distribuir panfletos aos invasores e argumentar contra o protesto. Francisco sabia que o amigo precisava da autorização do decanato de graduação para conseguir seu estágio. Apesar de a universidade só autorizar esse tipo de atividade a partir do quinto semestre. Eduardo conseguira convencer os professores de que, além de dinheiro, o estágio em um jornal àquela altura lhe renderia instrução. Talvez fosse melhor mesmo que as coisas se resolverem rápido: Francisco engatilhava seu romance com Sara, a polícia deixava o campus e Eduardo conseguia sua autorização. Todo mundo sairia ganhando.

O protesto anti-ocupação não durou mais de meia hora. Após trocas de ofensas, os invasores da reitoria voltaram à programação normal. Só então Francisco percebeu que o professor

Canaglia circulava pelo local. O marxista estava acompanhado por uma equipe da televisão universitária. Francisco se aproximou para ouvi-lo falar diante de uma câmera. O vídeo seria postado na internet horas depois.

"Tá gravando? Os mestres-estudantes estão dando uma aula inesquecível. De democracia e de capacidade de organização. Tomaram com suas próprias mãos o destino da Universidade Nacional do Brasil e estão, neste momento, criando uma nova correlação de forças, em que a opinião pública está do nosso lado", discursava o professor, com uma entonação solene. "Neste momento, o esquema de poder organiza uma reação do tipo fascista. Esta ocupação não existe mais apenas por conta da presença policial opressora no campus. Depois de colocar os seguranças para bater nos estudantes, chamam o chefe da segurança, o chefe da contabilidade, seus decanos, todos os que mamam nas tetas desse sistema clientelista para tentar transformar uma manifestação da defesa de seus privilégios, como a que foi feita quase agora por esses gatos pingados que vieram questionar a ocupação, em um protesto livre e soberano. O que está acontecendo aqui tem um significado histórico, porque é uma ação direta, demonstra o valor da ação direta, que desencadeia um processo de constituição da vontade coletiva que conquista a opinião pública, ganha uma força avassaladora e promete construir uma UNB nova, de todos e para todos nós. É preciso agora que os professores acompanhem com cada vez mais clareza, cada vez mais energia esse movimento, e que nós possamos todos atravessar esse rubicão e conseguir, na outra margem, começar a construir uma universidade melhor para todos."

No vídeo, disponibilizado sem edição na internet, é possível ouvir o repórter da tevê universitária pedindo para o professor reforçar sua opinião sobre o protesto que acabara de ocorrer.

"É uma manifestação clara de tipo fascista. A reitoria fez ontem um chamado a professores e funcionários para que comparecessem a uma reunião para organizar essa manifestação hoje. Apenas 50 pessoas de um universo de mais de 4 mil, entre professores e funcionários, além de alguns alunos perdidos. E eles vieram aqui, em número reduzido, na tentativa desesperada de manter seus privilégios diante daqueles que, com seu coração generoso, com sua coragem, diante de toda intimidação, que ainda hoje amordaça grande parte dos professores, vieram aqui e começaram a virar o jogo diante de uma administração que tem mais problemas do que a população em geral conhece. Mas, aqui, a força avassa-ladora nesta pequena cidade de 30 mil pessoas, esta pequena cidade do saber, a força avassaladora da vontade coletiva auto-organizada se impõe e promete construir uma nova universidade!"

Os professores foram se revezando ao microfone da tevê universitária, e cada um parecia enxergar um motivo diferente para aquela manifestação. Um deles, de barba e cabelos brancos muito longos, disse que a cadeira do reitor, na qual Francisco tinha sentado no dia anterior, "custou aos cofres da universidade mais de R$ 5 mil, enquanto eu perdi minha pesquisa de dez anos no último apagão de energia". Ele acrescentava: "A luz cai no Laboratório de Biologia Molecular toda vez que chove, mas a reitoria não parece interessada em reformar a nossa rede elétrica."

Para outro professor, de cabelos cinza desgrenhados e óculos fundos e redondos, o reitor havia prometido mudança em relação à gestão anterior, mas seguia usando os atalhos administrativos herdados de Ronaldo Livrete.

"Quem é contra a ocupação fala na necessidade de retomar a ordem, mas a universidade está funcionando fora da ordem há pelo menos dois anos. Esta ocupação nos permite restaurar a lei após a violação que ocorreu na gestão Livrete, quando o reitor alterou a estrutura de poder na universidade, esvaziando o conselho universitário, que tem 71 pessoas, e colocando a principal parte do poder decisório no Conselho Diretor, que é composto por cinco pessoas dirigidas pelo próprio reitor."

As negociações com a reitoria para a expulsão da PM

não avançaram naquele dia. O reitor chegou a demonstrar boa vontade em relação a uma série de itens da extensa pauta de reivindicações que lhe foi apresentada, como a instituição de uma semana da consciência transexual, mas se recusava a negociar enquanto os estudantes seguissem ocupando o prédio. Já os manifestantes informaram que só haveria negociação sobre condições para desocupar a reitoria depois que o fornecimento de água e luz fosse retomado. Outra condição era que a multa diária estipulada pela ordem judicial de desocupação fosse perdoada após o fim do protesto. Sem avanços, os estudantes deliberaram por passar mais uma noite no centro de comando da universidade e começaram a lidar com os atritos que surgiam naturalmente da convivência de universitários de classe média e membros do movimento sem-teto. Estavam todos do mesmo lado, Francisco percebia, mas não faziam parte do mesmo mundo.

Ainda sem dinheiro — ou atenção — o bastante para seu festival de poesia, Carlos resolveu adiá-lo para a noite seguinte, já que a ocupação prometia se estender por mais dias. Apesar da tensão permanente, a noite de quinta-feira terminou tranquila na reitoria da Universidade Nacional do Brasil.

Eduardo Cistino

Caro invasor da reitoria,

você acredita que está melhorando a universidade, mas confunde liberdade para fumar com liberdade para pensar. Você gosta de falar e atuar em nome da democracia, mas não vê problema em reunir um grupo de algumas dezenas para agir em nome de centenas e atrapalhar milhares.

Eu aguardo há algumas semanas, após muita negociação com a administração desta universidade, uma autorização para estagiar. Eu poderia fazer isso por fora das regras, mas fui educado a segui-las, por mais que elas pareçam me prejudicar. Neste momento, porém, você me prejudica mais do que as regras jamais poderiam.

Eu deveria receber nesta semana a permissão para trabalhar, como estagiário, em um jornal. Preciso do pouco dinheiro que esse serviço vai me render, mas também da instrução que a atividade irá me proporcionar e dos créditos educacionais que ela vai me render.

Assim como eu, vários colegas dependem da estrutura que funciona no prédio que você agora ocupa. Talvez você não saiba, mas é na reitoria que são tratadas questões administrativas como trâmites para intercâmbio e a concessão de benefícios sociais.

Enquanto vocês estiverem nesse prédio, a universidade terá limitações para funcionar. É por isso que eu peço: independente do motivo pelo qual você tomou essa estrutura pública, deixe o prédio o quanto antes. Não é forçando os outros a fazer o que vocês querem que as coisas vão melhorar.

Eduardo Cistino, calouro da Faculdade de Jornalismo

6

O vento empurrava suavemente os campos floridos do parque por onde Francisco e Sara caminhavam ao final daquela agradável tarde fria. Eles aguardavam o pôr-do-sol sem pressa, em um clima de total tranquilidade. Ela usava um vestido branco rendado, com saia rodada, e um chapéu da mesma cor, que ficaria ridículo em qualquer outra pessoa, menos nela. O ar gelado que entrava pelas narinas era balanceado pelo toque do sol na pele ao lado do lago. Crianças corriam pelo gramado em torno de toalhas de piquenique em um clima de total e completa paz. Era difícil acreditar em um cenário tão perfeito. Francisco precisava tocar sua amada para ter certeza de que aquele panorama onírico não se tratava do que obviamente era: um sonho.

O jovem enamorado não chegou a encostar em Sara, porque o barulho dos cortadores de grama o despertou um segundo antes. O cheiro da relva cortada que lhe levara para o idílico parque foi logo invadido pelo fétido odor da realidade, que emanava do banheiro do reitor empurrado por uma rajada de vento impertinente. Francisco ainda estava dentro da reitoria, em cima do tapete do gabinete do reitor, e aquele era o terceiro dia de ocupação.

Seu corpo já exibia sinais de desgate após passar dois dias sem ver água e ele matutava em busca da melhor forma de fazer suas necessidades fisiológicas. Para a maioria de seus colegas, "dar uma cagada" ou uma "mijada" em um banheiro público ou mesmo ao ar livre era algo corriqueiro, mas Francisco havia desenvolvido um mecanismo de defesa após o trauma da sétima série. A defesa consistia basicamente em um bloqueio que não lhe permitia usar o banheiro fora de casa para defecar. Por conta do episódio de nascimento de Cheiroso, ele não conseguia nem tratar do assunto de forma tão natural. Francisco se acostumou a dizer que "ia ao banheiro" sempre que a vontade aparecia. No máximo um "preciso fazer xixi", e apenas para os mais íntimos. No dia da invasão, ele já tinha ido ao banheiro antes de sair de casa, como de costume, já que seu corpo compreendera as vantagens estratégicas de um relógio biológico bem regulado. No dia seguinte ainda foi possível lutar contra as forças da natureza, ainda mais porque ele ingerira menos comida do que o normal. Mas um segundo dia sem ir ao banheiro já era demais. Não era possível voltar para casa àquela altura sem que seus pais o submetessem a um interrogatório que provavelmente lhe impediria de seguir na ocupação. O banheiro público era inevitável e o mais importante era que ele não pudesse ser identificado em caso de nova tragédia.

Francisco segurou o quanto pôde os ponteiros do relógio que lhe indicavam a hora exata de fazer suas necessidades. O tradicional intervalo entre 7h30 e 8h virou 10h, 11h, 12h. O jovem chegou a mentalizar o mantra "ocupa e resiste", mas, mesmo em um ambiente tão liberal, há coisas contra as quais não adianta resistir. Durante aquelas horas de aflição, não era possível pensar em mais nada, nem mesmo no futuro romance com Sara, muito menos lidar com os problemas de relacionamento com os sem-teto — um deles havia sido acusado de molestar uma menina na reitoria na manhã daquela sexta-feira.

Sob o risco de não conseguir retornar ao prédio, já que havia uma tensão permanente em relação ao retorno dos seguranças da universidade, Francisco pegou alguns panfletos sobre o festival de poesia sem-teto com Carlos e disse que ia distribuí-los na Faculdade de Medicina. Ele sabia que por lá os banheiros eram mais bem cuidados. Além disso, a chance de alguém lhe reconhecer por aquelas bandas da universidade era menor.

Cinco minutos depois, Francisco já estava longe da reitoria e perto dos tijolos avermelhados que compunham a fachada do Instituto de Saúde e lhe davam um ar mais digno em relação ao resto da universidade. O campus seguia sua vida monótona, como se nada estivesse acontecendo. Tirando as pessoas diretamente envolvidas na ocupação, ninguém parecia comovido com a luta dos invasores da reitoria pela liberdade da comunidade acadêmica. No caminho para a privada, Francisco estendeu panfletos a todos que passavam pela sua frente, mas eles também não pareciam interessados em poesia sem-teto. O traumatizado rapaz chegou ao banheiro cheio de papel na mão.

Havia dois rapazes lá dentro, um deles no mictório e outro fechado dentro de uma das três cabines disponíveis. Francisco tentou, mas não conseguiu entrar em nenhuma das cabines. O bloqueio era mais forte que a vontade. Ele fingiu que tinha errado de porta e deixou o banheiro em direção a um ponto de onde era possível monitorar a entrada. Aquela era uma área de grande circulação de pessoas, ficou claro após pouco tempo de vigília. Era preciso encontrar outra alternativa.

A salvação de Francisco veio minutos depois, quando ele topou com um banheiro isolado, no primeiro andar do prédio, longe do burburinho e sem ninguém dentro. O jovem entrou na cabine que lhe pareceu mais limpa e se trancou. Mesmo sentado no vaso e com muita vontade de aliviar aquela necessidade represada, o bloqueio ainda lhe segurava. Francisco não conseguia se aliviar e torcia para ninguém aparecer. O pensamento positivo não serviu de nada. Duas vozes se aproximaram e Francisco travou.

"Medicina era a minha primeira opção, mas eu acho que não conseguiria passar, por isso escolhi jornalismo", dizia uma das vozes, que, de longe, lembrava muito a de Eduardo.

"É tudo uma questão de esforço. Eu fiz cursinho preparatório durante todo o segundo grau. Meu pai fazia questão de que eu passasse. Deu certo", respondeu o outro rapaz, com uma voz assustadoramente parecida com a de Marcos Vinícius.

O volume das vozes foi aumentando até elas ecoarem dentro do banheiro.

"Aaah, nada melhor do que uma bela mijada."

Era ele mesmo! A proximidade já não permitia dúvidas.

Marcos Vinícius estava no mesmo banheiro que Francisco. De novo. Francisco passara seis anos sem sentar na privada de um banheiro público e aquele cara aparecia exatamente no momento em que ele se arriscava em território inimigo? Ainda por cima como aluno do curso de medicina? E ao lado do seu melhor amigo?

"Eu acho que existem três coisas imbatíveis na vida: uma bela mijada, uma boa pelada, dessas em que dá jogo, em que a gente cai num time bom, em que todo mundo sabe jogar, sem pereba, sabe? E a terceira maravilha do mundo é uma bela duma trepada", disse Eduardo.

Eduardo sabia jogar futebol. Desenvolvera fama na faculdade em poucas semanas por conta disso. Mas nunca tinha transado. Não que Francisco soubesse. Eduardo mentira sobre o fato de ser virgem? Não, nenhum homem mente que é virgem, ainda mais naquela idade. É claro que Eduardo estava se exibindo para o novo amigo. Teriam se conhecido no protesto contra a invasão da reitoria? Ou jogando futebol? Isso faria de Eduardo o novo inimigo mortal de Francisco? Seu amigo não conhecia a história de Cheiroso, muito menos sabia que Marcos Vinícius era inimigo mortal de Francisco. Mas precisava ter se aproximado de um babaca daquele nível?

Francisco ouvia a conversa dos dois em silêncio total, tentado abafar até a respiração para não chamar atenção, e mantinha suspensos os pés, para que não fossem vistos por debaixo da porta. Do outro lado da cabine, Marcos Vinícius se gabava de suas proezas sexuais para Eduardo. Além de tudo o babaca era do tipo bonitão, musculoso, cheio daqueles abadás de carnaval, daquelas regatas para mostrar os braços, e vivia cercado de meninas. Agora, ainda por cima, ia virar médico? Aquilo era muito ruim, mas podia piorar ainda mais se eles encontrassem Francisco em cima daquela privada. A história podia se repetir como tragédia ou algo assim.

Mas não. Naquele dia a história se repetiu mais à moda de um filme iraniano, em que nada acontece. Marcos Vinícius e Eduardo deixaram o banheiro e o silêncio se instalou. O silêncio abraçou Francisco e o protegeu o suficiente para dar fim ao trauma. No meio da revolução universitária, Francisco se libertava. Defecava fora de casa, enfim. Vitória! Liberdade! Francisco conseguia ir ao banheiro! E percebia que não tinha papel higiênico na cabine.

O alívio e a euforia se transformaram em aflição. Francisco precisava sair dali o mais rápido possível, antes que alguém pudesse lhe associar ao cheiro que tomara o ambiente. A única coisa que ele tinha ao alcance das mãos para se limpar eram os panfletos do festival de poesia de Carlos. Foi então que Francisco sentiu toda a aspereza da poesia sem-teto, que nunca lhe tocaria tão profundamente como naquele momento. Ele estava de fato se tornando mais sensível. Ele se sentia livre. Ele tinha novos amigos, adquirira relevância política, havia superado um trauma e, o mais importante, enxergava perspectivas para o início de sua vida sexual.

Por que tinha demorado tanto para tomar coragem de abordar Sara? Quanto tempo tinha perdido sem conhecer os códigos para se relacionar bem, as chaves para que as pessoas gostassem dele? Aquilo envolvia mais do que sexo. Era outra coisa que deveria entrar no manual da vida, no manual básico de sobrevivência do homem. Fazer a coisa certa. Em que momento da vida as pessoas deveriam aprender que as leis estavam erradas? Que o correto era seguir as próprias convicções, ainda que a lei diga para fazer o contrário. E por que as leis eram tão erradas? É injusto que apenas quem consegue chegar à universidade tenha acesso a esse conhecimento. Quem tinha pensando e elaborado regras tão ruins, tão incômodas, para oprimir a população? Os poderosos. Era preciso ir sempre contra os interesses dos poderosos. No final das contas, era simples a missão de Francisco. De difícil execução, claro, já que ele começaria a mexer com interesses de gente grande. Mas ele estava destinado a isso. O roteiro estava traçado: bastava agir sempre que identificasse alguém em desvantagem, para equilibrar os desequilíbrios. E se houvesse alguma dúvida, era só seguir a maré dos bem intencionados. Francisco deu a descarga e bateu em retirada, mais leve do que nunca, para seu posto na reitoria.

***

Quando retornou à reitoria, Francisco se deixou atrair inconscientemente pelo magnetismo de Sara. Aproximou-se dela como se não houvesse mais ninguém em volta e só quando se viu ao lado da musa percebeu que ela organizava uma roda no gramado próximo ao prédio administrativo da universidade. As meninas iam debater o papel da mulher na sociedade ou algo assim. Só havia mulheres por ali. Ou seja, Francisco não deveria ter se aproximado. Elas tinham se dado as mãos e abriam a roda para formar um círculo sentadas na grama. Francisco, encurralado por cenhos franzidos, tinha de dar um jeito de escapar. Ele já não era um novato por ali, era hora de provar isso para si mesmo.

"De-desculpa, gente, eu não queria aaatrapalhar. Mas, não sei se vocês sabem, a gente vai realizar um... Um festival de poesia sem-teto... Pra ajudar a patrocinar a ocupação. É hoje à noite. Eu vou deixar uns panfletos aqui do lado, para quem quiser se informar...", disse Francisco, colocando os papéis ao lado de Sara e dando início ao seu show. "E eu não podia deixar de dizer, sem querer atrapalhar muito vocês, que essa roda que vocês abriram assim, de mãos dadas, me lembrou um fato muito importante na minha vida. Foi a primeira vez que eu percebi o racismo, a primeira vez que eu percebi que o racismo existia, e eu queria compartilhar com vocês, porque eu não vinha prestando muita atenção a essas coisas e, agora, na universidade, no meio dessa mobilização toda, eu percebo como é importante falar sobre esses assuntos..." Francisco enxergava nos olhares das meninas permissão para continuar. Elas já não lhe olhavam com desconfiança. Elas demonstravam interesse. "Era época de São João e a minha turma, na terceira série, ensaiava para a apresentação de dança do dia da festa. Quando a professora pediu pra gente formar uma roda, como essa que vocês acabaram de organizar, uma mão negra permaneceu estendida no ar, sozinha.

Ana Lucila não queria segurar a mão do Paulo, o único negro da nossa classe. Eu não entendi na hora o que tava acontecendo, mas aquela imagem ficou na minha cabeça. Por que ela não queria fechar a roda? Ela não queria tocar na mão dele? Eu não entendia aquilo, mas me incomodou muito, porque o Paulo também não entendia. Ou talvez ele tenha notado pela primeira vez também, ou já estivesse acostumado... Hoje eu percebo que o racismo está por todo o lado e, agora, na universidade, sinto que a gente tem meios pra combater esse mal. Isso passa por combater essa opressão, tão bem representada pela polícia, que parece ter um prazer mórbido por matar negros e pobres. Mas eu já falei demais... Desculpa ter atrapalhado, é que eu precisava dividir isso com alguém."

Deu certo! O que era para ser mais um tropeço, mais uma gafe politicamente incorreta, um homem invadindo o já tão violado espaço de protagonismo feminino, virou um festival de suspiros e elogios à humildade e à consciência social de Francisco. O jovem militante passava por seu batismo público, se confessava diante de todas aquelas deusas da justiça social e saía purificado. Elas também se valorizavam ao valorizar a solidariedade do jovem abolicionista perante os desfavorecidos. Francisco se sentia bem, elas se sentiam bem. Por que ele evitaria fazê-las se sentir bem se aquilo também lhe agradava, se aquilo também lhe beneficiava? Se ele era tão bom quanto parecia, por que esconder suas virtudes do mundo? E que diferença faria, na prática, se ele não sentisse exatamente aquilo que dizia sentir?

***

O trabalho dos cortadores de grama em torno da reitoria naquela manhã levantou suspeitas entre os amotinados de que a direção da universidade estava começando a se mexer para reagir à ocupação. Além disso, o reitor não parava de conceder entrevistas para desgastar a imagem dos invasores. O receio motivou boatos de que os seguranças que deixaram o prédio derrotados dois dias antes estavam se organizando para instalar barricadas nos acessos à reitoria, para limitar a circulação e dificultar ainda mais a mobilização. Como Júlia tinha avisado antes da ação, o procedimento da última ocupação deveria se repetir: assim que os seguranças voltassem a atuar, quem deixasse a reitoria não poderia mais voltar. As lideranças do mo-vimento se reuniram para deliberar como proceder. A pergunta básica era: quem estava disposto a permanecer dentro do prédio, que ainda estava sem água e sem luz, por um prazo indeterminado?

Foi convocada uma assembleia extraordinária relâmpago para dali a duas horas. Enquanto esperava pelo momento em que todos iram concordar discordando sobre a necessidade de permanecer ali até o anúncio de que a Polícia Militar estava banida para sempre do campus, Francisco ouviu as palavras de um senhor de ralos cabelos brancos que falava para um grupo de dez estudantes sentados no gramado próximo ao prédio da administração da universidade.

"Há quem enxergue na música movimento. Eu só vejo estatismo, imobilismo", dizia o velhinho, cujo colete cinza folgava sobre seu corpo magro, enquanto tentava controlar a mão esquerda, que balançava contra sua vontade — a mão direita repousava serena dentro do bolso de sua calça cáqui. "Venha, meu jovem, pode se aproximar. Não tenha receio. Você chegou bem na hora. Esta é uma lição para a sua vida", o velho convidou Francisco, que se sentou ao lado de seus novos colegas de classe.

Francisco perguntou a um dos ouvintes quem era aquele tiozinho engraçado. Ouviu em resposta sussurros que o informaram de que o professor Ludovico Setembrino era uma lenda na universidade. Uma das vozes mais fortes contra o regime militar na época da ditadura, ele perdeu o emprego na UNB por conta de suas críticas aos generais na década de 1970. Acabou forçado a se exilar durante cinco anos no Chile. Italiano de nascença, Setembrino chegou com a família ao Brasil fugindo da Segunda Guerra Mundial e virou referência no campo progressista com sua defesa de bandeiras anarquistas. Aposentado havia mais de cinco anos, o ca-rismático e já visivelmente debilitado professor emérito do Departamento de Sociologia só aparecia em ocasiões muito especiais, como naquele início de tarde, quando demostrava seu apoio à ação estudantil com uma aula pública. Aquilo que os estudantes estavam presenciando era um acontecimento histórico.

"Não é que devamos repelir a música, não me entendam mal, meus jovens bakunins", seguia o magnético professor, com sua voz débil, diante de olhares curiosos. "Eu mesmo sou um amante da música. Mas no sentido mais frívolo, quase que do amor carnal... Sem o envolvimento profundo exigido por um matrimônio ou imposto pela relação entre pai e filho. Eu sou como um amante que leva a música ao motel, numa relação sem obrigações ou consequências e, portanto, perigosa. Porque a música, enquanto suporte do espírito, nos induz ao conformismo. Vocês entendem? Ao inflamar nossos sentimentos, a música adormece nossa razão. O que eu tenho, enfim, é uma aversão política à música. Porque a música, sozinha, não faz o mundo avançar. É preciso antes a literatura, a literatura como base. Mais especificamente, o conhecimento, que, combinado à inteligência, ao intelecto, à experiência e ao juízo levarão à sabedoria e à capacidade de produzir entendimentos coerentes dos fatos, que são o máximo que um ser humano pensante pode almejar. Mas eu me perco, esse é um assunto para outra lição. O que este velho anarquista dizia é que a literatura deve servir como preparação para esse despertar enérgico que, no fim das contas, só a música é mesmo capaz de proporcionar, pelo menos com tamanha intensidade. Mas o ritmo sem estofo, sem os alicerces necessários, apenas encanta pela ilusão da harmonia, entorpece, anestesia e se ergue como barreira à atividade e ao progresso. É como uma droga. Eu conheço o apreço que os senhores e as senhoras guardam pelos entorpecentes. Conheço e compreendo seus motivos — até partilho deles! Mas a droga, meus caros e minhas caras, é uma influência diabólica. Só produz apatia, obstinação, inação e torpor servil. A música, e é isso o que eu tenho para lhes dizer nesta tarde, antes de tomar meus remédios e jantar: a música, assim como as drogas, é politicamente suspeita. Tenham muito cuidado com ela."

Os comentários de Setembrino sobre as drogas poluíram a relação do velho sociólogo com sua cativada audiência. Questionado sobre o assunto ao final da aula pública, ele esclareceu que, apesar de abominar as drogas, apoiava a luta daquele movimento por liberdade. Para ele, não havia contradição nisso, já que todos deveriam ter o direito de desperdiçar energia e até mesmo o próprio futuro com entorpecentes.

De tudo o que o professor aposentado disse, a maioria dos estudantes ficou apenas com sua menção negativa à maconha e, para esses, toda a fama de anarquista modelo de Setembrino virou fumaça. Devia ser a idade. Vai ver ele estava ouvindo música demais, brincou alguém. Francisco não tinha entendido exatamente o que o professor queria dizer com aquela desconfiança em relação à música, mas, depois daquela aula ao ar livre, passou semanas sem conseguir aproveitar plenamente o som que saía de seus fones de ouvido.

Naquela tarde, Francisco só seria salvo do devaneio musical que lhe perturbava os pensamentos ao se deparar com o deputado federal Pedrinho do Sindicato, que compareceu com seu terno mal cortado — alguns centímetros além de seus 1,60m de altura — à ocupação para prestar solidariedade ao movimento e se colocar à disposição para ajudar no que fosse preciso.

Diante dos olhos dos repórteres que se revezavam na cobertura do protesto, o expansivo deputado conversava com os líderes da ocupação escorado em Gabriel, em cujos ombros apoiava seu braço direito, numa demonstração de camaradagem.

"Esse corte de água e luz é um absurdo. Contra os direitos humano, os direito mais básico. A gente vai acionar agora mesmo a presidência da Câm'ra pra alertar o parlamento, porque a gente tem que se posicionar sobre essa violência."

Pedrinho, que exercia seu primeiro mandato graças ao apoio de líderes sindicais a sua proposta de criar um regime especial de previdência para funcionários de sindicatos, seria responsável pela entrada de Francisco no mundo da política partidária anos depois. Naquela tarde de sexta-feira, o deputado tirou sua casquinha do protesto e conseguiu aparecer nos jornais da noite defendendo os estudantes. Aparentemente ele não podia fazer mais do que isso.

Na última assembleia do dia, os manifestantes deliberaram mais uma vez sobre os rumos da ocupação. Gabriel informou no início da reunião que o reitor não pretendia ligar água e luz enquanto os estudantes estivessem no prédio. Mas, segundo ele, o professor se disse disposto a convocar o conselho universitário para deliberar sobre a presença da PM no campus, desde que os manifestantes desocupassem a reitoria. Segundo Justino Cadabra, o conselho só poderia se reunir na sala de costume e, naquele momento, havia estudantes dormindo nela. O argumento foi interpretado pela liderança do movi-mento como um subterfúgio para retirar os estudantes do prédio. A maioria votou uma contraproposta: a sala de reuniões que os conselheiros costumavam usar seria desocupada para abrigar a reunião, mas os manifestantes só deixariam a reitoria quando o colegiado aprovasse a expulsão da PM. Estava decidido que todos seguiriam ali por pelo menos mais um dia e, daquela vez, Francisco iria compor o grupo de negociação destacado para conversar com a administração da universidade.

Sempre liderados por Gabriel, Francisco e outros dois colegas partiram para uma sala de aula da Faculdade de Direito próxima ao escritório do professor Justino Cadabra. Era ali que estavam sendo travadas as negociações para a desocupação do prédio. A comitiva de negociadores era aguardada por outras quatro pessoas.

O reitor Justino Cadabra era uma simpatia. Apesar de seus mais de 60 anos, ele ainda ostentava uma vasta cabeleira branca e transparecia serenidade na fala e nos movimentos de seu corpo esguio e sempre adornado por ternos de grife. O reitor tinha uma boa estampa, mas transparecia cansaço no olhar. Ele era escoltado pelo decano de assuntos comunitários, com quem Gabriel e companhia tinham se negado a negociar antes de invadir a reitoria. O professor Messias Sadi era uma figura evidentemente mais humilde que Cadabra e vestia um blazer puído que, unido a sua pele escura, o cabelo ralo e o bigode grosso o distanciava perante o olhar dos colegas — e Sadi percebera isso logo nos primeiros dias como docente — do que se imagina ao pensar em um professor universitário. Também estavam na sala o corpulento decano de administração, Juliano Lopes, que se arrependera naquela mesma semana de ter pintado o cabelo de acaju por sugestão da esposa, e a impaciente decana de ensino de pesquisa e extensão, Martina Sorova, cuja licença para o pós-doutorado na Sorbonne estava em xeque por conta da invasão da reitoria. Cadabra convidou os negociadores a sentar nas carteiras e, deixando a cadeira destinada ao professor atrás da mesa, onde aguardava a comitiva, puxou uma carteira e se sentou perto dos estudantes.

"Então, senhores, o que me dizem? Vamos deixar o prédio?", perguntou sorrindo.

Ele era tão agradável que, se dependesse de Francisco, a resposta àquela pergunta seria um "sim, vamos deixar sim, professor, pode deixar, sem problema". Mas quem mandava ali ainda era Gabriel, e ele estava acostumado a lidar com o carismático Cadabra.

O líder rebelde expôs ao reitor a deliberação da última assembleia soberana e fez a proposta: "O conselho universitário pode se reunir na sala de costume, mas o prédio segue sob nosso comando até que os policiais sejam proibidos de entrar no campus". Cadabra exibiu uma expressão de lamento, e a professora Martina Sorova explodiu.

"Quem vocês pensam que são para querer tomar conta da universidade desse jeito? Nós já entramos no terceiro dia sem serviços administrativos e vocês seguem com essa bobagem de tirar a polícia do campus? Há uma série de pesquisas e de iniciativas de cunho social da universidade paradas por conta dessa invasão", desabafou a decana.

Gabriel retrucou para corrigir a professora. Disse que aquilo não se tratava de uma invasão, mas de uma ocupação. E o reitor interveio para acalmar os ânimos.

"Calma, Martina, nós vamos resolver isso com tranquilidade. A demanda de vocês é justa, Gabriel. Eu também não gosto da polícia. Abomino armas. Mas não é assim que se resolvem as coisas. Qualquer decisão em relação a esse assunto cabe ao conselho universitário, vocês sabem muito bem. Nós já entendemos a mensagem que vocês pretendiam passar. Esse assunto será pautado na próxima reunião do conselho, assim que vocês deixarem o prédio. Estamos entendidos?", propôs Cadabra, conciliador.

Com a força da autoridade popular que a assembleia havia lhe concedido, Gabriel seguiu irredutível e lembrou ao reitor que qualquer negociação estava condicionada ao retorno da água e da luz ao prédio. Ou seja, os estudantes estavam sendo compreensivos até demais ao apresentar aquela contraproposta. Cadabra, por sua vez, recordou o jovem de que já havia uma ordem judicial para a desocupação da reitoria e disse que, por mais que ele não gostasse da ideia, teria de autorizar a entrada da Polícia Federal no prédio para retirar os invasores à força. Com a promessa de seguir resistindo, o comitê de negociação da ocupação deixou a sala sem acordo.

Na volta dos negociadores rebeldes para a reitoria, Gabriel ficou pelo caminho para conversar com o professor Canaglia, que o aguardava debaixo de uma árvore próxima ao prédio da administração universitária. Francisco seguiu para a ocupação com a incumbência de organizar uma entrevista coletiva e informar aos jornalistas que estavam de plantão que os estudantes seguiriam amotinados por mais um dia, já que o reitor se negava a atender as exigências do movimento. Os jornalistas se posicionaram com seus gravadores e microfones à frente do jovem e o ouviram dizer que a reitoria mantinha sua "posição fascista de não negociar a retirada da polícia antes que os estudantes deixem o prédio; prédio que, como vocês podem testemunhar, segue sem luz e água".

"Vocês também não parecem interessados em negociar", provocou um repórter.

Francisco manteve a compostura e aproveitou para

valorizar a sua recém-desabrochada persona virtuosa.

"Estes estudantes que estão aqui lutam por uma universidade melhor. Se negociar com a reitoria de Justino Cadabra é abrir mão de uma universidade melhor, então a gente não tem mesmo por que negociar. Nós oferecemos a sala de reuniões para que o conselho universitário pudesse deliberar sobre a expulsão da PM do campus, mas o reitor disse que o conselho só se reune depois que a gente sair daqui. Obviamente isso é uma estratégia pra retirar a gente do prédio sem deliberar sobre as nossas reivindicações", disse Francisco.

"A reitoria divulgou um comunicado com um balanço dos prejuízos da invasão para a universidade. Segundo eles, vai custar pelo menos R$ 5 mil repor as portas e madeira e as janelas de vidro quebradas durante a invasão. O que vocês têm a dizer sobre isso?", disparou uma jornalista.

"Nós lamentamos que a violência dos seguranças da universidade — sob a ordem direta da reitoria do Cadabra — contra seus próprios alunos tenha resultado em prejuízos para a estrutura do prédio. Mas a gente não vai deixar que isso abale o movimento, nem vamos permitir que a reitoria use isso como plataforma para nos enfraquecer. A responsabilidade por essas perdas materiais, como fica claro nas imagens, é da atual administração da Universidade Nacional do Brasil".

"O reitor pôs em dúvida, em entrevista a um jornal, que vocês estejam cuidando bem do patrimônio da universidade", emendou outra repórter.

"Nós estamos cuidando da universidade melhor do que ele. Temos equipes de limpeza que trabalham todos os dias para manter tudo muito melhor do que encontramos", respondeu Francisco, que, questionado sobre a presença de ativistas do movimento sem-teto no local, limitou-se a dizer, como havia sido instruído, que a participação dos sem-teto ali era "tão legítima quanto ou até mais do que a dos estudantes".

A questão dos sem-teto voltaria a dar trabalho aos manifestantes no dia seguinte, mudando os rumos da ocupação. Naquela noite, porém, o clima ainda seria de festa. Após a entrevista coletiva, Francisco precisava trabalhar nos últimos retoques da organização do festival de poesia sem-teto de Carlos.

Francisco ajudava no deslocamento de cadeiras e mesas quando viu ao longe uma mulher, de blusa branca e calças jeans, que se aproximava da reitoria. Não podia ser ela. Mas era. Contrariando o pedido do filho, Patrícia Pedroso de Hollanda fora à universidade saber como ele estava. O jovem largou o que estava fazendo e partiu discretamente para interceptar a mãe antes que ela chegasse ao prédio para constrangê-lo publicamente.

"Mãe! O que a senhora veio fazer aqui?"

"Isso é jeito de receber a própria mãe, Francisco? Você achou mesmo que eu não ia checar como você estava depois de passar dois dias sem dormir em casa?", disse a mãe com firmeza.

"Desculpa, mãe. Mas eu falei que a senhora não precisava vir. Tá tudo bem. Olha em volta. Nada de confusão, como eu já tinha dito. Que mochila é essa?"

"Eu comprei essa mochila pra trazer umas roupas pra você. Como é que você sai de casa desse jeito, sem avisar, filhinho? Custava dizer pra gente que ia ficar uns dias fora? Por que você não atende as nossas ligações?"

"Não tem como carregar o celular na reitoria. O prédio tá sem energia, lembra? Olha, eu não sabia que ia ficar mais de um dia fora, mãe. Não sabia nem que ia ter ocupação. Como ia avisar? Eu não queria assustar vocês. O que tem nessa mochila? Não precisava. Eu vim preparado."

"Eu trouxe umas cuecas, meias. Duas camisas e uma bermuda. Toma."

"Mais cueca, mãe? Eu disse que tinha trazido."

"Você não está acostumado a dormir fora de casa e sempre esquece as coisas. Sua mãe estava preocupada. Me dá um abraço, filhinho", disse Patrícia, abrindo os braços e enfim trocando o cenho franzido por um sorriso.

"Pronto, mãe, tá tudo bem", respondeu Francisco, abraçando a mãe e olhando ao redor para checar se estava sendo observado. "Agora você já pode ir. Diz pro papai que tá tudo bem."

"A gente ficou tão preocupado, filhinho. Essas notícias de confronto. Você não se machucou mesmo? Aqueles são seus novos amigos? Por que você não me apresenta?"

"Mãe, eu já disse, tá tudo certo. Olha pra mim. Faz tempo que eu não me divirto tanto. Tá sendo uma experiência ótima. Fica tranquila. Depois eu te apresento todo mundo, pode deixar. Mas agora estão todos sem tempo. Me dá um beijo, que eu tenho que voltar pra organizar o festival de poesia."

Francisco sabia que sua mãe gostaria de ouvir que ele estava organizando um festival de poesia. O clima de tranquilidade do local e a animação do filho foram o bastante para convencer Patrícia de que estava tudo bem. Ela disse ao filho que tinha deixado "um dinheirinho" dentro da mochila e, depois de lhe dar mais um abraço apertado e pedir para ele tomar cuidado, foi embora. Francisco escoltou a mãe com o olhar até que ela chegasse ao carro, desse a partida e sumisse de seu campo de visão. Além das roupas, ele encontrou 500 reais dentro da mochila. Francisco estava rico.

***

A campanha de arrecadação de dinheiro para a ocupação por meio do festival de poesia sem-teto foi um fracasso. As doações não somaram mais de R$ 30, a maior parte em moedas. Carlos conseguiria, por outro lado, a atenção que a universidade vinha lhe negando. Além do mais, dinheiro por ali não era exatamente um problema. Nem todos os pais estavam insatisfeitos com a atividade política de seus filhos. Pelo contrário. Orgulhosas do ímpeto revolucionário de suas crias, algumas famílias patrocinavam a ocupação da reitoria com alimentos, bebidas, colchões, cobertores, travesseiros e tudo o mais que fosse necessário. Outros, como os pais de Júlia, tentavam aproveitar a situação para se reaproximar dos filhos rebeldes.

A veterana das invasões de reitoria tinha deixado a casa dos pais para morar em uma república no mês em que começou a frequentar a universidade. Apesar de a menina propagandear que estava rompida com os pais reacionários, quem pagava sua parte no aluguel eram eles. E tudo o que os carentes provedores da moça pediam em troca era um pouco de respeito. Mas isso parecia um preço muito alto para Júlia, que não conseguia aceitar o fato de seu pai ser um magnata da construção civil.

Júlio Teixeirense Carvalhosa era um dos maiores inimigos dos povos indígenas do Brasil, a reencarnação de Antônio Raposo Tavares, herdeiro direto de Fernão Dias Pais Leme; um bandeirante moderno sem coração interessado apenas no lucro proveniente de terras retiradas das mãos dos povos originários e ao custo do sangue das ingênuas e puras comunidades indígenas do território brasileiro — tudo isso de acordo com o discurso dos grupos de defesa dos índios que levaram Júlia a renegar o ofício do pai.

A menina renegava o ofício, mas não o dinheiro do pai, e tinha descoberto um bom motivo para tanto. Foi pensando em limpar o nome da família que Júlia optou pelo curso de antropologia. Era por meio de sua atuação como antropóloga que a herdeira bandeirante pretendia romper a linhagem que manchava sua família de sangue indígena. E como ela assumia a empreitada não apenas em nome de sua própria reputação, mas pela honra de toda a família, era justo que os lucros de seu pai, enquanto ainda existissem, fossem revertidos para a causa da defesa dos índios. Antes isso do que ir parar nas bolsas de grife que a mãe da justiceira universitária gostava de comprar.

Os estudantes daquela ocupação deviam a históricos desentendimentos entre pais e filhos, portanto, as pizzas que, na esperança de colher algum ca-rinho da filha, a mãe de Júlia forneceu pessoalmente para regar o sarau à luz de velas em que se transformaria o imaginado festival de poesia sem-teto de Carlos. E Júlia não chegaria nem a dar um abraço na mãe, um carinho pelo qual Lucíola Teixeirense ansiava tanto após semanas sem se verem. Talvez da próxima vez.

Se a pizza alimentou os corpos naquela noite de sexta-feira, a poesia alimentou as almas. Na abertura dos trabalhos, Carlos definiu a poesia sem-teto, por meio da leitura de seu inédito manifesto, como um grito daqueles que foram excluídos pela cidade. Inspirada no teatro do oprimido de Augusto Boal, a poesia sem-teto também era "necessariamente política, porque políticas são todas as atividades do homem". Segundo Carlos, a poesia era uma arma, uma arma muito eficiente, e era preciso lutar por ela, para evitar que as classes dominantes se apropriassem do poema e o utilizassem como instrumento de dominação. Era preciso transformar a poesia em uma arma de libertação. Era dever do poeta, portanto, escrever da forma mais simples possível, para que sua mensagem política pudesse ser compreendida pelo mais simples dos sem-teto.

"A consequência disso será abolir qualquer distância entre o poeta, o poema e o leitor, até o ponto em que não vai ser mais possível dizer o que é um e o que é o outro", explicava Carlos, que vestia uma solene bata azul escura enquanto empunhava uma vela diante de sua intrigada audiência.

Após a introdução, os poetas sem-teto formados em curso expresso por Carlos foram declamando suas estrofes revolucionárias, um após o outro. Caso passasse por ali um crítico literário perdido, talvez ele dissesse que a poesia sem-teto era feita por poetas sem chão, sem base, sem ter o que dizer, e que seguiam, assim, perseguindo o próprio rabo como um cachorro que, sem conseguir distinguir onde seu corpo termina e onde o mundo começa, gasta boa parte de seu tempo girado em torno do próprio eixo enquanto imagina avançar. Talvez o malvado crítico ainda acrescentasse, em tom sádico, que a tara daqueles poetas pela efetividade política de suas obras afastava dos poemas a possibilidade de qualquer mérito estético, pois a atividade prática permanente e frenética impedia a reflexão e o consequente desenvolvimento de uma existência interior, profunda, longe da superfície do cotidiano. Mas o crítico não passou por ali, e Carlos cantou as fezes dos ocupantes de um prédio abandonado no centro da cidade. Francisco declamou para Sara seu "Prisão a céu aberto", que fazia do homem sem lar um "condenado ao banho de sol eterno". Gabriel chamou atenção para o sem-teto negro, a minoria da minoria da minoria. Júlia cantou a "sem-teta", e nem sua entonação, que acentuava com agudo a primeira sílaba de "téta", conseguiu evitar o trocadilho involuntário.

É possível dizer que aquele foi o ápice da poesia sem-teto. Pelo menos até que, daqui a algumas décadas, um pesquisador curioso revire os arquivos da universidade atrás de seus escombros artísticos e se depare com o registro poético de um período antigo. Então, a poesia sem-teto poderá ganhar, anos depois da morte de Carlos Brum, o status de "marca de uma geração", e dará vazão a festivais e celebrações de obras sem qualquer mérito poético, mas de grande apelo comercial. E restará aos irmãos e sobrinhos de Carlos, aquele funcionário público inexpressivo que morreu enfartado dentro de sua baia no Departamento de Trânsito, colher os louros pela genialidade incompreendida do poeta e disputar judicialmente os frutos dos direitos autorais de sua obra. Mas fomos longe demais de novo. A poesia sem-teto estava muito longe do dinheiro e da glória naquela noite. O momento era de gozo, de sentimento, de brilhantismo, de genialidade, de transcendência, de transgressão. E a catarse duraria até a manhã seguinte, quando seria publicada a reportagem de Renata Caranelo sobre a ocupação da reitoria na revista Fatos. A publicação semanal estampava em sua capa o título "Crack na universidade" e a foto de um dos sem-teto da ocupação consumindo a droga.

Renata Caranelo

Crack e fezes na reitoria ocupada

A quinta ocupação da reitoria da Universidade Nacional do Brasil em menos de dois anos expõe um cenário de degradação e põe em questão os rumos do movimento estudantil brasileiro

Por RENATA CARANELO

O cheiro que emana do banheiro do gabinete do reitor da Universidade Nacional do Brasil é praticamente insuportável. O prédio chegou nesta sexta-feira ao terceiro dia sem água, desde que cerca de 40 estudantes invadiram, por volta das 13h30 da última quarta-feira, as instalações da administração da universidade. Os invasores exigem o banimento da Polícia Militar do campus. O movimento contra a PM é cultivado há anos pela comunidade estudantil, mas ganhou força após dois estudantes de sociologia que fumavam maconha serem detidos e conduzidos a uma delegacia próxima ao campus. As prisões foram consideradas "a gota d'água" para os militantes do movimento "Fora, PM!". Os manifestantes que tomaram o prédio central da universidade alegam, em resposta a acusações da reitoria, que cuidam bem do patrimônio da universidade e dizem que, para manter a ordem, não há consumo de drogas ou álcool na ocupação. Não é o que **Fatos** presenciou nos últimos dias.

A reportagem teve acesso livre ao prédio, cuja entrada foi bloqueada pelo estudantes "mais fortes", graças a uma antiga carteira de estudante da repórter. Apenas alunos identificados têm acesso permitido à área restrita da reitoria, que tem abrigado festas regadas a álcool e drogas. Longe dos olhares dos repórteres e das câmeras de tevê, os estudantes bebem cerveja e vodka com suco em pó (bebida conhecida como "suco gummy"). A reportagem também presenciou o uso indiscriminado de maconha no local. Mas isso não é nada perto do consumo de crack na ocupação.

Um grupo de oito sem-teto se uniu ao protesto universitário logo nas primeiras horas da invasão, pelas mãos de Carlos

Brum, 19 anos. Carlos estuda letras e é ativista do movimento sem-teto. Na segunda noite de ocupação, a reportagem flagrou um dos sem-teto, identificado apenas como Luizinho, fumando uma pedra de crack. A cena causou desconforto em alguns dos estudantes, mas, após uma discussão sobre o ocorrido, os alunos concordaram que o sem-teto não deveria ser punido pelo vício que lhe permite suportar uma vida tão difícil. Ficou combinado que o assunto seria esquecido, desde que Luizinho não voltasse a usar a droga dentro do prédio. Mas Luizinho, que voltou a fumar crack escondido nesta sexta-feira, não era o único sem-teto da ocupação a fazer uso da droga, como a repor-tagem pôde presenciar em outros dois momentos.

Apesar da tolerância dos estudantes, a presença dos sem-teto se mostraria incômoda para muitos deles em mais de uma ocasião. Uma aluna que reclamou do forte cheiro de suor de um dos sem-teto que dividia com ela um dos dois sofás do gabinete do reitor foi duramente repreendida por seus colegas por estar sendo "classista". Ela pediu desculpas ao sem-teto. Além disso, algumas estudantes — e também a reportagem de **Fatos** — se sentiram perturbadas pelos olhares sedentos dos sem-teto, e um deles chegou a acariciar a perna de uma das invasoras enquanto ela dormia no tapete do gabinete do reitor na noite de quinta para sexta. Após reunião para tratar do tema, o comando da invasão solicitou que o sem-teto conhecido como Pernão pedisse desculpas. Ele foi instruído a dormir fora do gabinete. A menina assediada optou por deixar a ocupação.

Na manhã de sexta-feira, outro evento causaria desconforto em todos: foram encontradas fezes no canto de um dos corredores da reitoria. O responsável por defecar no chão não tinha sido encontrado até o fechamento desta reportagem, mas, mais uma vez, os estudantes optaram por esquecer o assunto, tendo em vista que, segundo comentário corrente na ocupação, os sem-teto estão habituados a defecar nos imóveis que ocupam — o assunto não chegou a ser tratado de forma tão clara publicamente, mas era consenso entre os ocupantes do prédio que apenas um sem-teto poderia ter sido responsável pelo ocorrido.

Festa

Afora os contratempos com os sem-teto e a ausência de água e luz, o clima na ocupação é de descontração. Muitos dos invasores não se conheciam e deram início a amizades nestes três dias. Além dos debates e assembleias, eles participam de festas — uma banda de forró se apresentou no primeiro dia da invasão — e saraus de poesia. O resto do dia é preenchido por atividades como "oficina de cartazes de protesto" e aulas abertas de professores que apoiam a ocupação. Os alunos chegaram a fazer campanhas para arrecadar fundos, mas o movimento é sustentado em maior parte pelo dinheiro dos próprios invasores e por doações de seus familiares.

A preocupação dos estudantes em deixar tudo como acharam é obsessiva. Foram criadas equipes de limpeza para garantir o asseio do ambiente. São essas pessoas que carregam baldes cheios de água rampa acima para tentar manter o banheiro do reitor minimamente limpo. Apesar do cuidado com o patrimônio da universidade, a invasão deixou sequelas na estrutura do prédio. Tanto a porta da antessala do gabinete como a porta do próprio gabinete vão precisar de reparos, pois foram arrombadas na invasão. Algumas janelas de vidro também foram quebradas na euforia do momento da chegada dos estudantes ao prédio. A reitoria calcula o prejuízo, por enquanto, em pelo menos R$ 5 mil.

O resto do mobiliário a que os alunos têm acesso — muitas das salas da reitoria permanecem trancadas desde que os funcionários deixaram o prédio — está no mesmo lugar em que eles os encontraram. No primeiro dia da ocupação, os invasores acharam numa das gavetas do gabinete do reitor uma cópia original do programa Microsoft Office, o que deixou todos espantados. "É original!", disse um deles. Em seguida, todos foram instruídos a deixar o conteúdo das gavetas como estava. "Deixa tudo aí", disse o estudante Gabriel Armeno, de 25 anos, que é seguido como líder pelos colegas, apesar de refutar a alcunha quando questionado pelos jornalistas.

Histórico

Esta é a quinta vez que a reitoria da Universidade Nacional do Brasil é invadida por estudantes nos últimos dois anos. A maior dessas ocupações ocorreu no ano passado e levou à renúncia do reitor Ronaldo Livrete. Neste ano, o prédio já havia sido invadido por um grupo de dez estudantes que reivindicavam o perdão de uma dívida de R$ 29 mil atribuída a eles por conta de um "catracaço" em que dezenas de alunos tiveram acesso gratuito, pulando as catracas, ao restaurante universitário. O assunto segue pendente apesar de a reitoria ter prometido rever a punição — condição sob a qual os alunos deixaram o prédio naquela ocasião.

Questionado sobre os fatos presenciados pela reportagem de **Fatos** na reitoria nos últimos três dias, o reitor Justino Cadabra se disse "chocado" e prometeu tomar atitudes mais rígidas contra os invasores já neste sábado. A reitoria tem uma ordem judicial para reintegração de posse desde a quarta-feira, mas reluta em permitir a entrada da Polícia Federal — o campus é propriedade federal, e portanto a reintegração deve ser feita por forças federais — no prédio, por receio de machucar os estudantes. Mas as negociações não avançam.

Os alunos só deixam o prédio sob a promessa de que a policia será expulsa do campus. O reitor Cadabra argumenta que apenas o conselho universitário pode tomar uma decisão como essa e que o grupo de dirigentes da universidade só vai se reunir depois que os alunos deixarem a reitoria. Enquanto isso, serviços como a concessão de autorização para estágio e a emissão de diplomas permanecem interrompidos, o que irrita parte da comunidade acadêmica. Um grupo de professores, alunos e funcionários protestou na quinta-feira contra a ocupação e alguns estudantes contrários ao movimento têm comparecido às assembleias dos invasores para argumentar contra a ocupação. Suas manifestações são recebidas com vaias da maioria dos colegas.

A VIRTUDE ENCENADA

1

O prédio da reitoria amanheceu o sábado cercado pelos seguranças da universidade. Os estudantes foram pegos de surpresa, estavam desmobilizados. Muitos haviam deixado o prédio na noite anterior, para tomar banho ou dormir em casa, e não conseguiam mais voltar. A reportagem da revista Fatos pressionava Justino Cadabra a tomar uma atitude contra a ocupação. A presença de drogas pesadas na universidade lhe dava uma boa razão para agir. Os estudantes amotinados na reitoria foram informados de que teriam até o meio-dia para deixar o prédio. Do contrário, a Polícia Federal seria autorizada a enfim retirá-los à força. Do lado de dentro da reitoria, era consenso que os manifestantes precisavam dar uma resposta àquela reportagem. Francisco foi destacado outra vez para fazer um pronunciamento diante dos jornalistas, e passou pela barreira de seguranças após se certificar, em negociação com eles, de que poderia retornar à ocupação.

"A reportagem publicada pela edição da revista Fatos — que, aliás, é conhecida popularmente como revista Factóides — deste fim de semana é preconceituosa e falta com a verdade em diversos momentos", leu Francisco, diante de um batalhão de jornalistas, a nota escrita a caneta em um caderno escolar. "A forma como os militantes do movimento sem-teto foram tratados na matéria em questão é mais uma demonstração do conhecido fascismo dessa publicação, que tenta criminalizar o estilo de vida de pessoas submetidas a uma lógica de opressão, lógica essa que as leva para o mundo das drogas e a ter comportamentos que fogem ao padrão burguês estabelecido, chocando a Casa Grande...".

"O que vocês estão querendo dizer é que acham normal defecar no chão e fumar crack dentro da reitoria da universidade?", questionou um jornalista, interrompendo Francisco.

"Não, e a gente não vai aceitar essa tentativa da grande mídia de colocar palavras na nossa boca. Essa revista passou dos limites para tentar desqualificar uma ocupação legítima e de-mocrática. E antes que vocês continuem a fazer perguntas, eu vou terminar de ler a nota. Posso? Obrigado. Voltando: 'A ocupação da reitoria repudia a reportagem *Crack e fezes na reitoria ocupada* por sua total falta de empatia com as pessoas menos favorecidas. Nós não vamos aceitar que um indivíduo pobre seja discriminado por conta de seus hábitos, por piores que eles possam parecer, e não vamos permitir de forma alguma que isso seja utilizado para desqualificar o movimento Fora PM. O movimento gostaria também de repudiar o comportamento da repórter Renata Caranelo, que se omitiu enquanto jornalista para espionar o interior da ocupação com a clara intenção, como agora se vê, de difamar pessoas bem intencionadas. Os estudantes seguirão reunidos aqui até que suas reivindicações sejam atendidas'. É só isso o que a gente tem a dizer por agora", finalizou o calouro.

Os repórteres dispararam uma série de perguntas ao mesmo tempo para Francisco. Queriam saber quantos estudantes havia dentro do prédio, se eles não tinham medo de enfrentar a polícia, se o responsável por defecar no chão estava identificado, mas o jovem assessor de imprensa já havia transposto a trincheira de seguranças. A publicação da reportagem em Fatos acuava a ocupação pela primeira vez. Por mais que os estudantes tentassem desqualificar o conteúdo da matéria, a revelação dos hábitos dos sem-teto desgastou o movimento e punha em xeque a sua sequência. A reitoria tinha enfim um mo-tivo para justificar, aos olhares mais sensíveis, uma ação de força. Os amotinados precisavam reagir de forma mais contundente.

Quem acredita no acaso dirá que os eventos que se seguem poderiam ter tomado outros rumos, a depender de impulsos e atitudes individuais de cada um dos envolvidos. Mas caso o leitor tenha por costume analisar o que ocorreu a partir de seu desfecho — como fazem os autores das mais intrigantes e lúcidas teorias da conspiração ao ordenar a história da humanidade — encontrará uma forma de encaixar tudo o que está prestes a ser relatado dentro de uma narrativa lógica que dará sentido a tudo — muito mais sentido, talvez, do que o caos e o acaso mereçam; e, ainda assim, muito menos do que o ser humano precisa.

Os revoltosos estavam contra as cordas e precisavam de algo que os colocasse mais uma vez naquela posição de fragilidade que justifica praticamente qualquer tipo de ação ou comportamento. A reação daquela manhã pode ter sido calculada, portanto, ou puramente instintiva. Sob o risco de serem facilmente removidos do prédio por um batalhão de policiais federais, os cerca de 20 estudantes que restavam dentro da reitoria concordaram que era preciso reforçar a tropa dentro do prédio. A única forma de fazer isso era romper a barreira de segurança mais uma vez.

O plano era simples: quem estivesse do lado de cima da rampa deveria descer para empurrar os seguranças por um lado. Quem estivesse embaixo, no térreo, deveria pressionar pelo outro lado para tentar subir. A ação começou com um grito de "AGORA" de Gabriel, que puxou um grupo de dez dos invasores mais fortes correndo rampa abaixo, Francisco entre eles, até chocar os ombros contra a tropa inimiga. Do outro lado, um grupo de 20 estudantes — a reportagem parecia ter constrangido os outros frequentadores da ocupação — forçava a passagem aos gritos de "SEM VIOLÊNCIA" para tentar subir, e era repelido pela barreira tripla de seguranças, agora mais numerosos, por concentrarem forças em um único ponto. Apesar do empenho dos estudantes para romper a barreira, os seguranças, que estavam mais bem organizados, conseguiam permanecer no mesmo lugar enquanto empurravam para longe os adversários. A resistência daquela trincheira levou alguns alunos a se arriscar na tentativa de escalar a rampa pelos lados, forçando a massa de seguranças a se dissolver nas pontas. Sem muita dificuldade, os funcionários da universidade puxam os rebeldes escaladores de volta para o chão.

Aproveitando-se da confusão, um estudante conseguiu escalar mais do que os colegas e, quando estava prestes a penetrar pelo vão entre a rampa e o corrimão de madeira com a ajuda dos colegas que o aguardavam do lado de cima, um dos seguranças o puxou pelo pé. O estudante Rogério Micado, aluno de 19 anos do curso de Geografia, caiu de uma altura de cerca de dois metros, com a cabeça para baixo, em cima do chão de concreto. Na tentativa de se proteger, o jovem esticou os braços, e seu cotovelo não aguentou o peso do corpo.

Os gritos de dor de Rogério — "AI, MEU BRAÇO, SOCORRO, MEU BRAÇO, MEU DEUS!" —, gravados por algumas das câmeras de televisão posicionadas ao redor do conflito, superaram a gritaria do embate entre estudantes e seguranças. E a fratura exposta de seu braço esquerdo, exibida e reexibida em reportagens de tevê e vídeos compartilhados pelas redes sociais, determinaria o fim do mandato de Justino Cadabra como reitor.

"ALGUÉM CHAMA UMA AMBULÂNCIA. MEU DEUS, ele quebrou o braço. O OSSO TÁ APARECENDOOOO", gritou Sara, que, junto com outras meninas, tentara ajudar Rogério a escalar a rampa.

A comoção que se seguiu à queda de Rogério acalmou os ânimos entre estudantes e seguranças, mas passou a concentrar a raiva da parte rebelada da comunidade acadêmica na figura do reitor. Enquanto o jovem ferido era encaminhado para um hospital, os estudantes entoavam gritos de "FORA CADABRA, FORA CADABRA". A partir daquele momento, a opinião pública esqueceria o crack e as fezes da reitoria e dirigiria toda sua indignação ao tratamento que o reitor Justino Cadabra dispensava aos alunos da Universidade Nacional do Brasil.

Aqueles estudantes não faziam mais do que lutar por um campus melhor, e o reitor passara os quatro dias de ocupação evitando negociar, privando os jovens de água e luz e usando suas forças de segurança contra crianças. Eram apenas crianças! Horas após sofrer com o desgaste inflingido pela reportagem sobre bebidas, drogas e fezes, o movimento voltava a ocupar uma posição privilegiada na guerra narrativa. E era consenso por ali que Cadabra deveria renunciar.

"Ele nunca gostou de estudantes. Não sei como conseguiu o apoio do DCE para a candidatura à reitoria no ano passado. Sempre foi muito posudo, todo cheio de ternos, aquela coisa bem cortada", reclamava uma professora diante das câmeras de reportagem.

"A Associação dos Professores já agendou uma reunião para esta tarde, na qual deve discutir e provavelmente aprovar, se todos estiverem com suas faculdades mentais em dia, uma moção de repúdio ao reitor Justino Cadabra e um pedido para que ele renuncie", informou minutos depois ao mesmo grupo de jornalistas a presidente da associação, Cristina Ferradoza.

"E se ele não renunciar?", questionou um jornalista.

"Se ele não perceber a gravidade do que está acontecendo, talvez seja o caso de o conselho universitário ser convocado a se posicionar", respondeu a professora.

Cadabra não esperou os colegas deliberarem sobre seu caso. Se as contas da universidade estivessem em dia e se sua curta experiência como reitor não se resumisse a uma soma interminável de problemas para resolver, talvez a decisão de renunciar tivesse demorado mais a chegar. Mas a oportunidade de deixar o comando daquela bomba-relógio chamada Universidade Nacional do Brasil se apresentou de forma generosa ao acadêmico, que não relutou em abraçá-la.

Para muitos professores da Faculdade de Direito, Cadabra era orgulhoso demais para renunciar. Outros garantiam que ele renunciaria exatamente por conta de sua tremenda empáfia e que é nesses momentos de crise que sentimentos como orgulho e amor-próprio se expõem em toda sua complexidade. A reconhecida vaidade de Cadabra poderia tê-lo levado a resistir a todo custo à renúncia, o que provavelmente levaria seus colegas a expulsá-lo do comando da universidade em algum momento, tamanho o desgaste. Foi essa mesma vaidade, contudo — na impressão geral que os magistrados da universidade compartilhavam nos corredores sobre o ocorrido — que se misturou ao orgulho de um advogado já consagrado como um dos maiores defensores dos oprimidos do país para protegê-lo de todo o desgaste que a função de reitor lhe reservava. Ele não merecia aquela humilhação. E a universidade não merecia alguém como ele à sua frente. O reitor divulgou sua carta de demissão — que também envolvia a renúncia de seu vice e de todo o restante da diretoria — três horas depois do incidente com o jovem Rogério Micado. O mártir daquela manifestação levaria alguns meses para voltar a mexer o braço esquerdo, mas a ocupação da reitoria contra a Polícia Militar estava mais forte do que nunca.

***

A queda de Cadabra foi recebida com festa dentro da reitoria ocupada. Ao anúncio da decisão, os seguranças se dispersaram mais uma vez enquanto o mantra "ocupa e resiste" era puxado por Júlia e reproduzido pelos colegas em meio a abraços de celebração. Francisco procurou Sara no meio da multidão. Ele se aproximou de sua musa abrindo os braços, para um abraço triunfal. Todo o sofrimento daqueles dias parecia valer a pena ao sentir seu toque macio, apesar de ela já não cheirar tão bem. Mas o que aconteceria a partir dali? Quais seriam os rumos do movimento? Francisco iria voltar a dormir longe de Sara após os dias mais intensos de sua vida?

Se dependesse do professor Augusto Canaglia, a ocupação acabaria naquele sábado. Após a queda de Cadabra, Canaglia sugeriu que Gabriel propusesse na próxima assembleia que a reitoria fosse desocupada até a universidade eleger um novo reitor. Seria uma demonstração de grandeza dos manifestantes, que só voltariam a ocupar o prédio se o próximo reitor não se comprometesse a banir a PM do campus. Canaglia prometeu a Gabriel que, com a ajuda dos estudantes, ele assumiria a reitoria e, como seu primeiro ato, trataria de expulsar a PM. Mas isso não podia ser dito durante a reunião. Para o plano dar certo, Canaglia deveria permanecer invisível.

A assembleia foi convocada com pauta única e, mais uma vez, chamou a atenção mesmo daqueles que não estavam mobilizados na reitoria. As notícias sobre a renúncia do reitor e o consequente fim da ocupação levaram ao campus estudantes contrários ao movimento, como Eduardo, que voltava a se de-parar com Francisco após dias sem contato. Eduardo estava mais uma vez acompanhado por Marcos Vinícius e acenou de longe para Francisco, que compunha o amontoado de estudantes sentados ao redor de Gabriel. Francisco devolveu a saudação do amigo com um sorriso e gesticulou com as mãos, indicando que os dois conversariam após aquela reunião.

Gabriel anunciou que estava aberta a assembleia para decidir os rumos da ocupação da reitoria e adiantou o que chamou de uma "proposta de consenso". Como a universidade estava sem reitor, a ocupação deveria ser suspensa até que um novo comandante fosse eleito.

"A gente não sabe quanto tempo deve durar o processo eleitoral e, enquanto a gente estiver aqui dentro, não vai ter como negociar com ninguém. Então a proposta é que todo mundo saia agora e, depois que o novo reitor ou reitora tomar posse, a gente pressione para que ele ou ela impeçam a entrada da PM no campus. Aliás, a pressão será feita já durante a campanha para o comando da reitoria. A gente só vai votar em quem se comprometer com o banimento da polícia do campus", explicou Gabriel com a ajuda de um megafone.

A ocupação caminhava para o seu fim. Os ocupantes da reitoria apoiavam a sugestão de Gabriel discurso após discurso. Até chegar a vez de Francisco.

Talvez o jovem tivesse aprimorado seu senso de justiça ao longo daquela última semana. Ou apenas quisesse contrariar as vontades do professor Augusto Canaglia e de Gabriel. Ou talvez o jovem apaixonado simplesmente buscasse um motivo para manter por mais tempo aquele convívio intenso ao lado de Sara dentro da reitoria. O fato é que Francisco empunhou o megafone para contrariar tudo o que tinha sido dito até então e defender que seus colegas permanecessem amotinados até que se cumprisse a missão que eles se impuseram: expurgar a PM do campus.

"Eu sei que vocês estão todos cansados. Eu também tô cansado. Exausto. Mas, quando a gente derrubou a porta desta reitoria opressora, a gente tinha um objetivo. E esse objetivo ainda não foi alcançado. O mais cômodo seria ir embora pra casa, tomar um bom banho e dormir nas nossas confortáveis camas. Mas, enquanto isso, a polícia ainda vai estar por aí, reprimindo nossos amigos, nossos professores. Se intrometendo em assuntos que não são da conta deles. A gente conseguiu reunir uma força impensável aqui. A GENTE DERRUBOU O REITOR, PESSOAL", discursou Francisco, para os aplausos e gritos dos colegas.

Enquanto discursava, Francisco cruzou com o olhar incrédulo e inquisidor de Eduardo. Seu velho amigo se encaminhava para o comando da assembleia. Eduardo estava indo se inscrever para falar. A vida adulta cruzava o caminho de Francisco pela primeira vez. Era preciso fazer escolhas. E ele escolhia o seu lado.

"Se a gente chegou até aqui juntos, por que vamos nos separar agora?", discursava Francisco, que se afastava de seu melhor amigo ao se aproximar da glória. "A gente entrou nesta reitoria e prometeu só sair sob a condição de que a polícia deixasse a universidade antes. A gente vai abandonar o prédio antes de a polícia abandonar o campus?"

"NÃO!", gritaram alguns dos estudantes.

A reação assustou Gabriel e Canaglia, que acompanhava a reunião à distância. A dupla, que trocou olhares após ouvir os gritos dos alunos que apoiavam o discurso de Francisco, sentiu que se arriscava a perder o comando do movimento.

"Então, em nome do nosso movimento e dos nossos objetivos originais, em nome da coerência e da coragem, da nossa convicção e vontade de melhorar a vida do campus, de livrar os estudantes e professores da opressão policial, em nome da nossa unidade, eu gostaria de propor que a gente fique dentro deste prédio até que seja lá quem for que assuma o comando desta universidade decida que a PM está PROIBIDA DE PROIBIR QUALQUER COISA NO CAMPUS", disse com firmeza Francisco, para o delírio de seu público, que se inflamou.

A eloquência incendiária de Francisco animou os oradores que se seguiram no megafone após seu discurso a defender a permanência dos estudantes na reitoria. Em nome do combate à opressão policial, na maioria das intervenções. E, se a mobilização já os tinha levado tão longe, a derrubar o reitor, por que não forçar mais mudanças? Mais uma vez as reivindicações acessórias voltaram aos discursos. Era preciso chamar a atenção para a comunidade transexual. O prejuízo do catracaço ainda não tinha sido perdoado. As mulheres precisavam de mais liberdade no campus.

Gabriel via seu comando perder força e passou a selecionar estudantes com opiniões contrárias à ocupação para se manifestar. Foi assim que Eduardo, que tivera a palavra negada na primeira tentativa de se inscrever, conseguiu chegar ao megafone.

"A luta ainda não acabou, não é, COMPANHEIRAAADA?", questionou Eduardo, empunhando o megafone diante da assembleia. "Depois de derrubar o reitor, ainda é preciso banir a polícia malvada do campus... Eles não deixam os maconheiros em paz. Coitados dos maconheiros...", debochou o jovem, ouvindo as primeiras vaias. "Ah, vocês não gostam de ouvir opiniões contrárias... Não tinha um monte de gente falando em democracia antes de eu pegar este megafone? A menina que defendeu o direito de ficar pelada no campus não falou na importância da liberdade de expressão?", provocou Eduardo.

A audiência tentava abafar sua voz debaixo de vaias e gritos de censura. "TIRA ESSE CARA DAÍ", "ESSE BABACA É UM FASCISTA", "OCUPA, OCUPA, OCUPA E RESISTE".

Ao dar voz a um opositor da ocupação, Gabriel acabou provocando o contrário do que planejara. Em vez de convencer os estudantes a deixar o prédio, as provocações de Eduardo pareciam aumentar a vontade de todos de permanecer ali — mais até do que palavras de Francisco. Era preciso tirar o megafone das mãos de Eduardo, mas o contrarrevolucionário resistia.

"Já acabou o meu tempo? Não acabou não, companheiro. Eu tô marcando aqui os meus cinco minutos. Ainda dá tempo de falar que vocês não representam todos os estudantes desta universidade. Eu não sei de onde vocês tiram isso, nem que reunião foi essa em que vocês decidiram que a polícia não deveria entrar no campus. Mas saibam que vocês não nos representam. E vão embora! Vão para casa! Tem gente por aqui querendo trabalhar e estudar. Vocês estão atrapalhando. Tem gente disposta a enfrentar vocês agora. Acabou a bagunça. A gente vai reagir."

Eduardo conseguiu irritar os invasores da reitoria. Ninguém gosta de ser contrariado em suas convicções, ainda mais em um ambiente de consenso como aquele. Em meio aos gritos de protesto, alguns dos invasores se levantaram para intimidar Eduardo. Vendo o amigo em perigo, Francisco se levantou para protegê-lo e se colocou entre os agressores em potencial e Eduardo. Os militantes recuaram. Francisco se surpreendeu. Já tinha conseguido tanto respeito assim dos colegas? Não. Ele não estava sozinho naquela operação de resgate. Enquanto escoltava Eduardo para longe da multidão, o jovem militante se viu ao lado de seu arqui-inimigo Marcos Vinícius — bem mais alto e forte e, portanto, com mais poder de intimidação. Foram os músculos de Marcos Vinícius que inibiram os potenciais agressores. Os três deixaram o barulho da turba para trás. Francisco teria que se entender com Eduardo.

"Que história é essa de continuar a invasão, Francisco? Essa brincadeira já foi longe demais. Você esqueceu que eu tô precisando da autorização pro estágio?", questionou Eduardo.

"Calma, cara, isso já vai acabar. Talvez amanhã a coisa toda já se resolva e na segunda-feira sai o lance do seu estágio", respondeu Francisco.

"Pode ser... Mas que babaquice é essa de apoiar os caras contra a polícia? Você passou mesmo a acreditar nessas bobagens?"

"Ah, sei lá, já que eu entrei nessa história..."

"Mas você tinha entrado nessa confusão só pra tentar pegar a Bunda!"

"Bunda? Que bunda?", perguntou Marcos Vinícius, lembrando os dois amigos que a conversa estava sendo acompanhada por uma terceira pessoa.

"É uma menina super gostosa em que o Francisco tava de olho desde que a gente entrou na universidade. Ela vive com esses caras, tá em todos esses protestos. É aquela ali, ó, sentada ali, de blusa colada. Olha o tamanho da bunda dela!", apontou Eduardo, virando para Francisco. "Acho que vocês dois ainda não se conhecem, né? Francisco, esse é o Marcos Vinícius. A gente tá disputando umas vagas pra seleção de futebol da universidade. O Marcão é zagueiro dos bons. Marcos, o Chicão é meu melhor amigo lá na faculdade. Tá meio piradinho nos últimos dias, mas é gente finíssima."

Era chegado o momento decisivo. Francisco precisava levantar a guarda. Ele não se achava pronto para enfrentar o inimigo novamente — será que estaria pronto algum dia? —, mas a luta se apresentou. Era preciso enfrentar a fera, por maior que ela fosse, e aquele canalha tinha crescido muito desde o colégio. Marcos Vinícius estendeu a mão. E, ao contrário do que Francisco esperava, o cumprimentou como se aquela fosse a primeira vez que os dois se viam.

"Prazer. O Eduardo fala muito sobre você."

Será que Marcos Vinícius fingia desconhecer o jovem cuja vida escolar ele tinha arruinado? Ou Francisco era tão irrelevante para aquele valentão que ele nem sequer se lembrava de um dia ter dado o apelido de Cheiroso para alguém? A forma como ocorreu aquele encontro amenizava o receio de Francisco de que seu antigo apelido voltasse à tona e retornasse das trevas para sepultar também a sua reputação enquanto universitário. Francisco se sentia aliviado, mas aquele alívio vinha junto com a humilhante impressão de que ele não tinha feito qualquer diferença na vida de uma pessoa que influenciou tanto a sua própria existência. Sem saber o que pensar, Francisco deu a entender que aquela era a primeira vez que via seu algoz escolar e apertou sua mão com firmeza.

"Bem que tem umas gostosinhas no meio dessa bagunça... São meio largadas, mas não são de se jogar fora. E aquela é uma bunda maravilhosa mesmo", comentou Marcos Vinícius, com um sorriso cúmplice no rosto.

"É, mas o Francisco já tá em cima dela, Marcão, tira o olho. Falando nisso, como é que essa história se desenvolveu, Chicão? Pelo menos vai rolar alguma coisa com a menina?", perguntou Eduardo.

"Eu tava apostando que podia rolar alguma coisa hoje à noite, mas só se a ocupação continuasse...", respondeu Francisco.

"Taí um bom motivo pra invadir um prédio! Se for rolar alguma coisa com as meninas, até eu entro na bagunça", brincou Marcos Vinícius.

"Ih, essas meninas de protesto são bem difíceis, Marcos... Marcos Vinícius, né? Pra falar a verdade, eu nem sei se vale a pena", disse Francisco, que não precisava de mais competição na disputa por Sara. "Olha, gente, foi bom falar com vocês, mas eu preciso voltar lá. Acho que tá chegando a hora da votação. Eduardo, eu prometo que a coisa vai se resolver logo."

"Peraí, cara, não vai escapando assim. Tua mãe não para de me mandar mensagem perguntando como você tá. Eu não sei nem o que dizer, porque você deu pra não responder as minhas mensagens também. A dona Patrícia tá preocupada contigo. Tu tá ligado que perdeu prova surpresa de Introdução a Sociologia, né?", questionou Eduardo.

Francisco lamentou a perda da prova e disse ao amigo que já tinha se entendido com a mãe. Ele prometeu mais uma vez a Eduardo que a confusão na reitoria ia se resolver rápido e, após se despedir dos dois, foi sentar ao lado de Sara para acompanhar as discussões, que tendiam para a permanência dos estudantes na reitoria.

Depois de deixar a plenária para mais uma conversa com

o professor Canaglia, Gabriel optou por seguir a corrente que se formava em direção à permanência no prédio. A maré mudou definitivamente depois que as luzes foram religadas e a água voltou a correr pelos canos dos dois prédios de administração da universidade. A maioria dos estudantes decidiu que era preciso continuar resistindo à opressão policial. Francisco virava protagonista daquela ocupação.

"Francisco, você foi demais! Que discurso fantástico! Eu não sabia que você tinha toda essa força. Eu confesso que ia votar pra gente sair daqui, mas depois do que você falou eu não consigo nem pensar na possibilidade de deixar este prédio antes de a polícia ir embora", elogiou Sara.

Era tudo o que o jovem revolucionário precisava ouvir. Aquele discurso tinha sido feito para ela. Tudo era feito por ela desde que seus olhares se encontraram naquela tarde em frente ao caminhão de som. E a noite daquele sábado deveria aproximá-los ainda mais. Era o que Francisco planejava. A reação de Sara ao seu discurso só reforçou sua confiança. Tudo o que ele pedia era mais uma noite. Eles voltariam a conversar sobre videogame, surgiria a oportunidade de contar uma piada no meio da conversa, ele se aproximaria dela... "Sara, se eu não te conhecesse, diria que você está me dando mole...". "Como assim, Francisco?". "Não sei, esse jeito de você me olhar, cheia de malícia.". "Ai, Francisco, deixa de ser bobo". E a menina riria, mexendo no cabelo, envergonhada por sentir que o rapaz notava seu interesse. Francisco então recuaria — estava tudo programado em sua cabeça — para não deixá-la encabulada, mas voltaria a atacar segundos depois, perguntando se seria uma ideia tão absurda assim caso ele a convidasse para tomar um sorvete ou para ir ao cinema depois que a ocupação acabasse. "Como amigos, claro. Porque, sabe, Sara, as pessoas pensam que eu estou sempre dando mole, mas é só o meu jeitinho...". Ela riria de novo, envolvida pelo charme daquele líder estudantil recém-desabrochado, daquele homem corajoso que sustentou as tropas no campo de batalha quando todos imaginavam que era hora de bater em retirada. É claro que, nos planos de Francisco, Sara aceitaria a proposta, não sem antes fazer um charme, entrar na brincadeira, dizer "nossa, que engraçado, acontece o mesmo comigo, isso de todo mundo achar que eu tô dando mole. A gente é tão parecido...". E Francisco conseguiria manter a calma — porque tudo isso era um plano, a previsão de um futuro perfeito — diante da divertida parceria estabelecida com sua musa e da expectativa de que aquilo iria realmente se desenvolver, primeiro em um beijo fantástico — talvez no cinema, em meio a uma cena romântica, depois de os dois terem dado as mãos e aproximado os corpos um do outro até que Francisco tomaria coragem e viraria o rosto para encontrar os lábios de Sara, ou então seria ela a tomar a iniciativa, porque isso de esperar o homem não faz mais sentido nos dias de hoje, e ela beijaria Francisco e os dois contariam anos depois para quem quisesse ouvir sobre como tudo aconteceu de um jeito invertido, com a mulher no comando — e depois o enredo seguiria para uma maravilhosa noite de sexo, na qual Francisco usaria todo o conhecimento adquirido em horas e horas e dias e meses e anos de filmes pornô assistidos em seu computador, para agradar Sara de todas as formas possíveis.

Ao final da assembleia, estava decidido: todos ficariam no prédio até que o conselho universitário deliberasse sobre a expulsão da polícia do campus. Mas as coisas entre Francisco e Sara não sairiam exatamente como o rapaz imaginava.

***

Durante aquela noite de sábado, o comando da universidade seria de fato dos estudantes que ocupavam a reitoria. O conselho universitário só se reuniria no dia seguinte para eleger um reitor provisório e deliberar sobre a presença da polícia no campus, como exigiam os revoltosos. Com a energia e a água de volta ao prédio, era hora de saborear mais uma vitória. As caixas e fatias de pizza se espalhavam mais uma vez pela reitoria, mas Francisco só queria saber de Sara. Ela não saiu de seu radar desde que se levantou após a reunião da assembleia. Após elogiá-lo, ela o abraçou e, olhando nos seus olhos com um sorriso sincero, disse "parabéns, a gente se vê mais tarde". Ela iria passar em casa para tomar um banho e trocar de roupa. Francisco esperaria, devaneando sobre o futuro dos dois. Ele celebrou com os colegas enquanto ela não voltava, gozou da fama adquirida. E, após horas de espera, de novas entrevistas, discursos e fotografias, Francisco viu quando Sara voltou, usando uma calça legging preta e uma camiseta branca folgada. Parecia uma bailarina após o ensaio. Francisco viu sua musa conversar animadamente com Júlia e outros colegas da ocupação. Viu Sara pegar uma lata de cerveja, ensaiar uns passos diante da banda de *indie* rock que tinha instalado seus instrumentos no mesmo lugar onde dias atrás se apresentara o grupo de forró. E, enquanto tomava coragem para abordar a moça e colocar em marcha seu plano de sedução, dando um tempo para não deixar tão clara a sua ansiedade e, assim, colocar tudo a perder, Francisco viu Sara ser abordada pelo professor Canaglia. Francisco viu Sara dar um abraço no professor, que suspendeu a menina no ar e girou seu corpo, como em uma comédia romântica brega. Francisco viu os dois trocarem beijos nas bochechas. Viu Canaglia tentar penetrar Sara com os olhos, com um sorriso malicioso nos lábios. Francisco viu a menina baixar o olhar, tímida, e conseguiu identificar em seus lábios o mesmo sorriso malicioso que o professor dirigira a ela. Francisco viu Canaglia aproximar os lábios da orelha direita de Sara, para se fazer ouvir em meio aos sons do baixo, da guitarra e da bateria que preenchiam o silêncio do campus naquela noite. E Francisco viu Sara aproximar os seus próprios lábios da orelha esquerda de Canaglia, que se abaixava para poder ouvir a menina. Uma, duas, três vezes os gritos foram trocados em forma de sussurros pelos dois. E Francisco viu Sara finalmente se afastar do professor. Viu a menina olhar para os lados enquanto caminhava, como se checasse se estava sendo observada. E Francisco viu a menina subir a rampa da reitoria.

Era a hora pela qual ele estava esperando. A menina estava sozinha. Todo mundo ali estava curtindo a festa da vitória no térreo. Francisco tomou coragem e se dirigiu para a rampa. Mas viu Canaglia cruzar a sua frente.

A exemplo de Sara, o professor ia olhando para os lados, desconfiado. Francisco desviou o olhar quando o rosto de Canaglia seguia em sua direção. O jovem parou no início da rampa, escorado no corrimão de madeira. Francisco esperou Canaglia subir mais alguns passos naquela rampa espiral e discretamente se posicionou em um ponto de onde poderia observar o caminho do professor até o topo. Ele viu Canaglia entrar no auditório da reitoria, um salão todo forrado por carpete azul, um carpete confortável que alguns estudantes usavam para dormir durante a ocupação. Intrigado, o jovem decidiu seguir os passos do professor pelo prédio vazio. O som da banda ia ficando mais distante à medida que Francisco se aproximava dos últimos andares da reitoria.

Quando chegou ao andar do auditório, o último do prédio mais baixo, o jovem parou. O que ele estava fazendo ali? Ele não precisava ver aquilo. Mas o que seria aquilo? Talvez Sara nem estivesse dentro daquele auditório. Vai ver ela tinha ido ao banheiro. Foi tentando se convencer disso que Francisco avançou. Ele chegaria ao salão acarpetado e daria de frente com o professor Canaglia, fingiria surpresa e diria que estava apenas fazendo uma ronda para ver se havia algum infiltrado na ocupação. Eles não deviam baixar a guarda, o menino diria, e o professor, mesmo sem conseguir esconder a desconfiança, também fingiria, elogiaria Francisco pelo discurso que bagunçou seus planos de se eleger reitor antes de voltar para a festa. Mas as coisas insistiam em sair de uma forma diferente dos planos de Francisco.

O jovem se aproximou do auditório com cuidado, tentando não fazer barulho. Espiou esticando a cabeça para dentro da porta entreaberta, e não viu ninguém no corredor que se estendia pelos fundos do auditório. Francisco empurrou a porta com cuidado. Ela rangeu. Por que era tudo tão velho naquela universidade? A cada pressão a porta gritava um estalo, como se estivesse sendo torturada pela mão de Francisco. Ele deu mais uma olhada pela fresta que se abrira e não viu ninguém, não ouvia nada. Empurrou a porta mais um pouco, apenas o suficiente para que seu corpo magro pudesse passar, e olhou para a direita, por onde se estendiam as escadas que levavam ao palco do auditório, localizado em um nível inferior. Não havia ninguém por ali também. O jovem soltou a porta — que voltou a reclamar, mas como em um suspiro aliviado pelo fim da tortura — e seguiu, calculando o peso dos passos para não fazer mais nenhum barulho.

Francisco caminhou pelo fundo do auditório, de onde não era possível enxergar o palco, já que havia ali uma cabine de comando, usada para transmissões de rádio e vídeo. Chegando ao final do corredor, Francisco comprovou que também não havia ninguém nas escadas do outro lado, que desciam até o palco onde se encontrava uma mesa de madeira. Onde Canaglia poderia ter ido parar? O jovem investigador se adiantou em direção ao palco e espiou todo o auditório. Não havia ninguém ali. E nenhum barulho. Francisco já pensava na possibilidade de Canaglia ter saído por outra porta — se é que ela existia — e se virava para deixar o auditório quando notou movimento dentro da cabine de transmissão. Não saía qualquer som dali, por conta do isolamento acústico. Pelo vidro escuro que isolava a cabine do exterior, logo atrás da fileira de cadeiras mais elevada do auditório, era possível ver um corpo deitado de barriga para baixo. Francisco olhou com mais atenção. Era Canaglia. Canaglia estava deitado. Estava deitado em cima de alguém. Canaglia estava deitado sobre Sara. Os dois trocavam carícias. Eles se beijavam. Talvez as calças do professor estivessem arriadas, mas Francisco não conseguiu ver. Francisco não queria ver. Aquela noite deveria ter sido dele. Dele e de Sara. O jovem que celebrara a vitória de uma grande batalha horas antes na assembleia, a assembleia que decidiu pela manutenção da ocupação por conta de sua eloquência, acabava de perder a guerra. Francisco congelou. Não sabia o que fazer. E só despertou de seu estupor quando Canaglia parou de acariciar Sara e elevou a cabeça, apurando a audição, como se percebesse que havia alguém observando os dois amantes. O jovem recuou instintivamente, com cuidado de não fazer movimentos tão bruscos, e fez o caminho de volta para fora do auditório com passos rápidos e leves.

Era o fim. Todo o esforço concentrado ao longo daquela semana, as provas perdidas, as tarefas trapaceadas, os dias sem banho, o risco de perder o melhor amigo, de se indispor com os pais, de se aventurar em um banheiro público, tudo em vão. Aquela nunca tinha sido uma competição justa. Francisco chegou muito tarde. E Canaglia era um professor, eles não estavam em pé de igualdade. Onde está a justiça social na hora de disputar o amor de uma mulher? Bobagem. Tudo bobagem! Não existe justiça para essas coisas. É cada um por si mesmo. A lei do mais forte. A vida real.

Era preciso reconhecer a derrota. Não havia mais o que fazer por ali. Francisco passou no gabinete do reitor para pegar suas mochilas e desceu a rampa olhando para o auditório. Ele queria deixar a reitoria. Aqueles idiotas que continuassem ali, achando que estavam mudando o mundo, lutando contra a opressão, fantasiando que alguém se importava com o que eles sentiam ou deixavam de sentir. Como ele podia ter perdido tanto tempo com aquelas bobagens? Dormindo no chão com um bando de desconhecidos, tendo que aturar sarau, expondo-se na televisão em nome de uma causa que ele nem achava tão importante assim. Francisco se afastava da reitoria com uma mochila nas costas e outra na mão com um misto de raiva e frustração quando ouviu alguém gritar seu nome.

"FRANCISCO! Você tá indo embora?"

Ele se virou e viu Júlia, que ia em sua direção. Tentou responder.

"Eu..."

"Seu discurso foi fantástico! Eu tava comentando com as meninas ali agora. 'Se a gente chegou até aqui juntos, por que vamos nos separar agora?' Eu fiquei até arrepiada na hora. Você tava tão certo ao dizer aquilo. A gente quase escolheu o caminho mais fácil", elogiou Júlia, fascinada.

Como Francisco pôde ser tão cego? Sua obsessão por Sara o impedira de ver tudo o mais que estava acontecendo a sua volta. É claro que havia muito mais do que Sara ali. Havia Júlia. E Catarina, do jornalismo, que Júlia lhe apresentaria naquela noite. E também havia Ludmila, da tradução, Renata, da biologia. Cada uma com uma vida a desvendar e, mais importante do que tudo, todas fascinadas pela persona corajosa e eloquente de Francisco. O jovem descobrira naquela noite um jardim cheio de flores para cultivar. E estava disposto a semeá-lo por inteiro.

Danúbia de Macedo Flores

Você acha que eu tô emagrecendo, Frido...?

...

...

FRIDO! Ei, olha pra mim! Vocês, gatos, são tão convencidos. Em cima da televisão da Júlia você não consegue ficar né? É porque ela tem uma "fleti tiivíííí"... Não é assim que ela fala? "Flétivi". Eu fico pelada e você nem olha. É porque eu sou feia, né? Eu sei... Mas eu vou melhorar. A *fresh diet* não deu certo. E é muito cara. Mas tá todo mundo recomendando a dieta da lua, que parece bem mais fácil. Agora você se interessou, né? Tem que passar 24 horas sem comer nada sólido toda vez que a lua mudar de fase. É só uma vez por semana. Só com líquidos. Acho que dá, né? Ah, você acha que eu não vou conseguir? Eu tô vendo nos seus olhos, gatinho danado. Vem cá, Frido, me dá um abraço...

...

Iiiiiisso. Gatinho gostooooso. Ei, volta aqui! Ah, você sempre escapa. Quero ver fugir quando eu ficar gostosona. Ninguém vai fugir quando eu ficar gostosona. Aí a Sarinha vai ter concorrência. E vai ter um monte de gente olhando pra minha bunda... Você acha que esse espelho tá distorcendo a minha bunda, Frido? Ela não é tão ruim assim, vai. Eu acho até que o Francisco deu umas olhadas nela. Ele é meio esquisitinho, todo envergo-nhado, tão caladinho, coitado... Mas tão engraçadinho ao mesmo tempo... Dá vontade de trazer pra casa e cuidar dele... Você acha que a Júlia ia implicar se eu tivesse mais um gatinho em casa, Frido? Essa república tá meio paradona, né? Desde o começo da ocupação da reitoria, pelo menos... É a Júlia que movimenta mais a casa, eu sei. Mas eu já trouxe gente aqui, você sabe muito bem disso! O eletricista. Depois teve aquele marido de aluguel, pra arrumar a lâmpada da cozinha... hehehe

...

...

Precisa me olhar assim, seu gatuno? Eu sei que a minha vida social não é lá essas coisas, mas espera eu emagrecer pra você ver.

Até de ocupação de reitoria eu vou participar. Ninguém quer uma gordinha por perto. Dá pra perceber que tá todo mundo olhando. Toda hora. E eu até prefiro quem fica de piadinha a quem olha com pena, sabe? É mais fácil de responder os babacas. E eu não preciso da pena de ninguém. Quem precisa de pena? Eu preciso mesmo é de um belo filé à parmegiana! ahahahaha

...

...

É tão silencioso aqui às vezes...

...

...

Ai, ai, Frido, por que eu tenho tanta vontade de comer essas coisas gostosas? E tanta preguiça de fazer exercício. Mas amanhã eu já volto a correr, você vai ver... Tem a genética também, né? É preciso levar isso em conta. Olha o tamanho da minha mãe. Meu pai não é exatamente magro também. Mas o que eu tô falando? Isso é tudo tão egoísta... Por que eu penso tanto em mim, Frido? É "tudo eu" toda hora, enquanto tem gente por aí passando fome, levando baculejo da polícia, sofrendo de câncer, perdendo os pais em acidente de carro... E eu preocupada com a minha forma, o meu peso, os meus amores... Sua dona é tão malvada, Fridinho. Tanta coisa pra resolver no mundo, tanta coisa a melhorar, e eu só consigo pensar no tamanho da minha bunda. E neste vibrador novo. Olha pra lá agora, pro lado de lá, vai, que eu preciso só aliviar essa tensão um pouquinho...

...

...

Você gosta do cheiro, né? Gosta do barulho também? Vem lamber um pouquinho aqui...

...

Aqui, ó, fica aqui, paradinho. Não, volta aqui! Tá, deixa pra lá. Deixa eu me concentrar, então.

...

Sabe, eu fico imaginando se o Francisco é grandão... Lá embaixo... Ou aquele amigo dele, Eduardo. Eu sei que não precisa ser gigante, mas sei lá. Você não vai me julgar, né, gatinho. Vocês, bichinhos, são tão bonzinhos. Não julgam ninguém. Quer dizer, quem não julga são os cachorros. Os gatos julgam todo mundo. Tão aristocráticos, tão superiores... Agora sério, olha pra lá que eu vou acabar isso aqui.

...

Hmmmmm...

...

...

Aaaahhhh...

...

...

...

Não me deixa esquecer de ligar pra casa amanhã, Frido. Mamãe deve estar com saudade. Quase um semestre inteiro longe... Não sei nem como eu consegui... Acho que, se você não tivesse vindo comigo, não ia rolar esse tempo todo sozinha. Eu não ia aguentar. Que sábado à noite, hein, Fridinho? Nós dois e uma comidinha chinesa dentro do quarto. E a Ana Cristina Cesar. Quem precisa de mais do que isso? Aaaiii, eu preciso. Vamos ler um pouquinho, então, agora que estamos mais aliviados? "Vamos sair? Vamos andar no jardim? Por que você me trouxe aqui pra dentro deste quarto?". Eu acho que ela escreve bem.

...

...

E essa: "Ele me diz com o ar um pouco mimado que a arte é aquilo que ajuda a escapar da inércia"...

...

...

"A mulher difícil que não se abandona para trás, para trás, palavras escapando, sem nada que volte e retoque e complete." Ela tem razão, é sempre mais difícil mesmo ancorar um navio no espaço. Mas por que se chama "recuperação da adolescência"?

...

"Te acalma, minha loucura!" eheheh essa é boa. Essa vai pro Facebook.

...

...

...

"Não sinto nada, não sinto nada, mamãe." Eu sinto tanto, Ana. Eu sinto tudo.

...

"Ai que enjoo me dá o açúcar do desejo." Pois eu podia passar o dia comendo o açúcar do desejo, Ana Cristina. Você era magrinha, né?

...

...

"Despetaladamente pelada." E essa, Frido?

...

"Acordei com coceira no hímen"... ahahaha ela diz que ia andar de bicicleta, mas "o selim poderia reavivar a irritação. Em vez decidi me dedicar à leitura". Eu também.

...

"Aguardo crise aguda de remorsos." Essa é boa.

...

"Da amurada deste barco quero tanto os seios da sereia." E se for isso, Frido? E se eu estiver procurando no lugar errado. Eu nunca ouvi de mulher que foge do encontro que marcou pela internet quando vê que aquela pessoa legal com a qual ela vinha falando por mensagens não é exatamente como ela imaginava. E se o meu lance for mulheres? Você não tá nem aí pra esse falatório, né? Você é macho. Você sai por aí e monta em cima de quem quiser. *If I were a booooy...*" A Beyoncé é que sabe das coisas. Também, com um corpão daquele... Escuta essa, se chama "anônimo": "Sou linda, gostosa; quando no cinema você roça o ombro em mim aquece, escorre, já não sai mais quem desejo, que me assa viva, comendo coalhada ou atenta ao buço deles, que ternura inspira aquele gordo aqui, aquele outro ali..." Ternura pela gorda ninguém sente, né? Isso é tão injusto.

...

...

"Posso ouvir minha voz feminina: estou cansada de ser homem." É preciso se sentir muito bonita pra conseguir dizer isso, Ana Cristina.

...

Esse é mais ou menos agora, Frido. "meia-noite, 16 de junho": "Não volto às letras, que doem como uma catástrofe"... "Não suporto perfumes. Vasculho com nariz o terno dele. Ar de Mia Farrow, translúcida. O horror dos perfumes, dos ciúmes e do sapato que era gêmea perfeita do ciúme negro brilhando no gogó." Cada um com seus problemas, né? Quem tem homem reclama que ele é agressivo, que ele é desligado, que só joga videogame, que saiu com os amigos pra beber, pra jogar futebol. Eu queria um homem só pra poder passar o dia reclamando dele, Frido. E eu só posso dizer isso pra você. Quem ia entender?

...

...

"Quarto recendendo a chulé e sutiã." Parece uma indireta pra gente, Frido...

...

"Dildo ligou, pobre. Darei bola?" Mais uma provocação barata, Ana Cristina? Eles te ligam e você esnoba. Melhor do que ser cortejada é poder esnobar.

...

"Binder diz que o diário é um artifício, que não sou sincera porque desejo secretamente que o leiam." Ninguém escreve mais diários, Ana.

...

...

...

...

...

Hora de dormir, Frido.

2

A cabeça pesava suspensa no ar. Não era possível saber para que lado ficava o chão quando Francisco acordou. A luz estava forte e o jovem levou alguns segundos para se acostumar à claridade. Ele não estava dentro da reitoria. A ocupação tinha acabado? Francisco esfregou os olhos longamente por uma última vez e, quando os abriu, deu com um gramado a sua frente. Ele ainda estava na universidade, mas fora da reitoria. Francisco estava deitado debaixo de uma árvore próxima ao prédio da administração. Sua cabeça latejava e as costas doíam. Ele tinha dormido ali, usando suas duas mochilas como travesseiros, e seu corpo sentia os efeitos da ausência de uma superfície mais confortável para o sono. A julgar pela intensidade de sua dor de cabeça, a noite anterior tinha sido bem aproveitada. Francisco buscou na memória as lembranças da noite passada e a cena de Canaglia deitado sobre Sara se impôs. Ele rejeitou a imagem. Aquela não tinha sido a melhor parte da noite. Não! Francisco tinha beijado Júlia. Francisco, o líder universitário, o mestre da oratória, a revelação militante daquele movimento, tomara suas primeiras lições práticas na disciplina de educação sentimental horas antes de acordar de ressaca naquele domingo.

Francisco tinha ficado com Júlia. Ele nunca tinha ficado com ninguém até aquela noite, o que significava que toda a aventura na reitoria, que parecera um desperdício de tempo quando o jovem flagrou sua grande aspiração deitada debaixo de outro homem, tinha compensado o esforço. Enquanto tentava se ambientar novamente na universidade naquela manhã de sol forte, Francisco ia recuperando os detalhes da noite de sábado. Havia mais meninas interessadas nele. A roqueira Renata, da biologia, que era vocalista de uma banda e estava toda vestida de preto; Ludmila, que se escondia atrás de uma franja e vendia doces feitos em casa para conseguir financiar o curso de tradução; Catarina, uma baixinha de cabelo curto e voz rouca que gostava de fotografia e que Francisco conhecia apenas de vista da Faculdade de Jornalismo. Todas pareciam estar à sua disposição, mas Júlia trabalhou para evitar as investidas das colegas em Francisco. O discurso de resistência tinha tornado o novato no grande troféu daquela noite.

Depois que Júlia evitou que Francisco deixasse a reitoria, ele se uniu a todas aquelas meninas, que dançavam na pista de dança. Com a chegada de Francisco, a conversa da rodinha, que variava entre os atores mais bonitos de Hollywood e sabores preferidos de sorvete, se deslocou bruscamente para o tema "intimidade sexual". Catarina jogou na roda que não entendia por que sexo anal ainda era um tabu tão grande. Francisco não conseguiu conter os olhos, que buscaram o quadril da menina automaticamente, no instinto de entender do que exatamente ela estava falando.

"Nossa, eu tenho pena de quem não consegue sentir prazer assim. Sério! Mas pra mim o grande tabu ainda é sexo em grupo. Se as pessoas soubessem como é bom...", disse Renata, cujas meias-calça pretas rasgadas debaixo de um short muito curto soaram vulgares a Francisco, apesar de atraentes. Renata dobrava a aposta pelo pretendente.

Aquilo era o paraíso. Francisco estava em meio a bacantes e contemplava de camarote meninas liberais exibindo intimidades com as quais ele apenas sonhara ao longo dos últimos cinco anos. Ao mesmo tempo que o excitava, contudo, a desenvoltura sexual das meninas intimidava. Francisco precisava fingir que já era um ás na cama — apesar de virgem — para participar de uma conversa como aquela. Foi esse receio que garantiu à pudica Ludmila alguma atenção de Francisco em meio às predadoras sexuais. A menina era a única ali a demonstrar algum desconforto e constrangimento com a conversa libidinosa. Ela provavelmente era virgem, pensou Francisco. Talvez todas ali fossem virgens, mas o jovem ainda não tinha conhecimento o bastante para distinguir.

"E por que você está pensando nisso?", gritou a cerveja que Francisco empunhava naquela pista de dança improvisada na reitoria. A cada gole de Francisco, a cerveja gritava mais alto: "Aproveita o momento! Você nunca foi a estrela! Nunca teve tantas mulheres aos seus pés! A gente não sabe quanto tempo isso vai durar! Vai pegar outra latinha, que esta já acabou!"

Na terceira lata, os gritos da cerveja já tinham se transformado nos sussurros que conduziram Francisco na direção de Júlia. A estudante de antropologia fez valer sua prerrogativa de veterana das ocupações e se impôs entre as pretendentes da noite. Aproveitando uma música mais lenta, Júlia atraiu o jovem, que dançava abraçado a ela, para um canto da reitoria.

Entregue aos seus sentidos, Francisco encarava Júlia hipnotizado por uma beleza que ele não tinha conseguido notar à distância. As sardas que escoltavam o nariz da menina, um nariz fino. Fino como o corpo que Francisco tateava para perceber que não era tão magro quanto parecia. Após fingir que resistiam um ao outro por alguns minutos de troca de olhares, Francisco e Júlia se beijaram. A menina, mais experiente, conduzia o movimento das línguas enquanto o principiante deslizava as mãos embriagado pelas curvas da parceira e a apertava contra a parede.

A lembrança da noite anterior era quase tão boa quanto os beijos e carícias trocados com Júlia. Na manhã seguinte, Francisco saboreava seu primeiro contato com o outro sexo temperado pelo sentimento da conquista. Do álcool restava apenas a ressaca, que ele buscaria curar no café da manhã que ia sendo montado em uma mesa no pátio da reitoria.

***

O entorno da reitoria tinha pouca gente por volta das 8h daquele domingo, quando Francisco acordou. O conselho universitário só deveria se reunir às 16h para escolher um reitor *pro tempore* e deliberar sobre a exigência dos invasores em relação à presença da PM no campus. Já livre de seus traumas sanitários, mas ainda cuidadoso, Francisco comeu um pão com manteiga e um copo de suco, se informou sobre o roteiro para aquele dia com os colegas e buscou um banheiro longe da reitoria para se aliviar. Com o celular finalmente carregado em uma tomada após a volta do fornecimento de energia, Francisco passou rápido pelas mensagens de texto e voz que seus pais e Eduardo tinham deixado. Ligou para casa para dizer que estava tudo bem, que a aventura já estava acabando e que aprendera muito com tudo aquilo.

A experiência tinha valido a pena e ele provavelmente dormiria em casa já naquela noite. Ao desligar, Francisco recebeu uma nova mensagem. Um "Oie" de Júlia. A menina parecia disposta a continuar o que os dois tinham iniciado na noite anterior. Francisco respondeu perguntando onde ela estava. Júlia tinha dormido em casa, mas voltaria para a universidade no início da tarde. Os dois trocavam mensagens quando Francisco avistou Catarina, sua colega de curso recém-apresentada, que tirava fotos próximo da reitoria. O jardim de mulheres que ele recebera na noite anterior pedia para ser polinizado.

"A luz tá ótima pra fotos, né?", arriscou Francisco.

"SSShhhh! Você vai acordar ele!", reclamou Catarina, abafando a voz.

Francisco se assustou. Havia um animal escondido entre aqueles arbustos? Um pássaro? O jovem pôs a mão na boca, para mostrar que não pretendia falar, e se aproximou da fotógrafa sem entender exatamente do que ela tirava fotos. Ao investigar o local para onde Catarina apontava a câmera, Francisco identificou um homem maltrapilho deitado. Catarina terminou o serviço e puxou Francisco pela mão para longe dali.

"Desculpa. Eles costumam ficar chateados quando acordam e me veem tirando fotos. Eu sei que não é muito agradável… Você disse que a luz estava boa pra fotos? Na verdade esta não é a melhor hora. O amanhecer e o entardecer são bem melhores. É uma luz mais suave. Você ainda não fez Introdução à Fotografia, né?", perguntou a menina, com aquela voz rouca que instigava Francisco tanto quanto o fato de que ela parecia estar tirando fotos de um mendigo que dormia.

"Não... Acho que Introdução à Fotografia é no segundo semestre... Eu, eu realmente não tenho muita noção de fotografia. Talvez você possa me dar umas dicas..."

"Claro! Se a Júlia não achar ruim...", provocou Catarina.

Bingo! Catarina continuava interessada no virtuose da oratória apesar dos beijos que Francisco havia trocado com Júlia na noite anterior. E Francisco não estava disposto a desperdiçar nenhuma das possibilidades de relacionamento que se apresentassem. Ele disse a Catarina que ela não precisava se preocupar com Júlia, que ele estava mais interessado em aprimorar suas técnicas de fotografia, e pediu para ver algumas das fotos que a menina tirara naquela manhã.

"Estas aqui eu ainda vou ter que revelar. A câmera não é digital. O laboratório de fotografia deve estar livre na tarde da próxima terça. Se você quiser, a gente revela junto e eu aproveito pra te mostrar como funciona."

Perfeito. Após os primeiros beijos, Francisco já engatava seu próximo encontro com uma mulher. E apenas começara a surfar naquela onda de prestígio repentino. O jovem ridicularizado no colégio estava se transformando em protagonista da luta pela liberdade, do combate à opressão, e atraía atenções, atraía o interesse de outras pessoas. De mulheres.

Francisco virara um símbolo de persistência e resistência para seus colegas de ocupação. Ao voltar à reitoria, ele ficou sabendo que Carlos lhe dedicara um poema intitulado "Ocupa, dor", que o poeta fez questão de ler em voz alta. Aquela lei-tura pública foi a coroação do revolucionário principiante como uma das lideranças do movimento. Francisco agradeceu a ho-menagem de Carlos e disse que não merecia. Destacou que aquele era um movimento coletivo, sem líderes, como Gabriel vinha dizendo desde o início. Mas nem Francisco nem Gabriel acredi-tavam naquele papo de coadjuvante, e talvez por isso o repetissem com tanta insistência.

Francisco ia se tornando mais um Dom Quixote, desses que saem pelas ruas em busca de injustiças para combater. Mas, ao contrário do clássico de Cervantes, nosso herói não confundia moinhos com gigantes. Ele sabia muito bem que aquilo contra o que iria atirar sua lança era um moinho. E, se lançava a arma mesmo assim, era apenas para fazer os outros acreditarem que ali havia uma ameaça, um risco a ser combatido. O melhor antídoto contra um perigo inventado é um herói inventado. E quem poderia apontar a diferença? A intensidade da ameaça e a qualidade do salvador dependem da criatividade do inventor.

Algumas pessoas nascem com vocação para esse tipo de atividade política, mas mesmo elas precisam aprimorar a capacidade de ilusionismo que permite a alguém se tornar o presidente de uma república ou o líder de uma revolução, o chefe de uma ditadura. Francisco dava seus primeiros passos nesse caminho e, apesar da desvantagem na história de vida em relação ao imaculadamente pobre Gabriel, o novo militante demonstrava mais controle da retórica e tinha mais instrução. Ele sabia que só tinha a perder se ficasse claro que estava ameaçando o protagonismo de Gabriel. Bastava um pequeno deslize para Francisco passar de oprimido a opressor naquela ocupação, e nenhum líder popular moderno conseguiria muito sucesso nessa posição. É por isso que o jovem Dom Quixote dava a entender que tratava o gigante Gabriel como um moinho de vento, enquanto, na verdade, tentava feri-lo de morte ao cutucá-lo com sua lança invisível.

***

A reunião do conselho universitário, extraordinariamente realizada no antigo cinema da universidade, começou tumultuada. Muitos dos professores se sentiam intimidados pela presença dos invasores da reitoria no auditório do cinema, desativado meses atrás por falta de recursos. A lotação era de 210 lugares, mas os amplos degraus nas duas extremidades da sala permitiam a presença extra de pelo menos o dobro de pessoas. Os militantes do movimento "Fora, PM" recebiam os docentes com palavras de ordem contra a polícia e ocupavam os assentos da frente, onde deveriam sentar os membros do conselho. Marcada para as 16h, a reunião só começaria uma hora depois, quando ficou acordado que o movimento teria apenas um representante na sala com direito a assento, assim como cada departamento, instituto e faculdade da universidade. Os estudantes que permanecessem dentro do auditório não poderiam ocupar cadeiras, ainda que elas estivessem vazias, nem se manifestar. Quem quisesse continuar gritando palavras de ordem podia fazê-lo do lado de fora do auditório. Como Gabriel já tinha assento enquanto presidente do DCE, os manifestantes aclamaram Francisco como seu enviado à reunião.

Os representantes de cada curso da universidade e de categorias, como os sindicatos dos professores e dos servidores, discutiriam três nomes para ocupar a cadeira do reitor temporariamente. Os três aspirantes ao cargo tinham sido previamente consultados pelo presidente do conselho e fariam breves discursos, do alto do palco onde estava posicionada a mesa de comando do conselho. Mas, antes disso, Gabriel pediria a palavra para defender a democracia.

Longe do microfone, mas falando alto o bastante para se fazer ouvir, o jovem disse, de pé em seu lugar na platéia, que enquanto representante do DCE e como um dos membros do movimento de ocupação, não achava justo em um colegiado de não mais de 80 membros — e que naquele domingo, por conta da urgência da convocatória, contava pouco mais de 40 — elegesse qualquer que fosse o nome para comandar a reitoria, ainda que temporariamente.

"É PRECISO CONVOCAR UMA ELEIÇÃO GERAL A SER REALIZADA NESTA SEMANA", gritou Gabriel.

A proposta do rapaz inflamou os conselheiros. Os professores falavam ao mesmo tempo para dizer que não havia previsão para novas eleições numa situação como aquela, chamavam o estudante de agitador, pediam calma, e ninguém conseguia se fazer ouvir. O presidente do conselho acalmou os ânimos pedindo serenidade ao microfone e disse que resolveria naquele momento a questão levantada por Gabriel.

Como previa o regimento da universidade, que foi lido pelo comandante da reunião, o reitor temporário deveria ser eleito pelo conselho universitário e promover em um prazo de até 90 dias a eleição que apontaria o novo reitor. A democracia que o aluno defendia, portanto, seria contemplada no momento oportuno. Antes que o grupo perdesse mais tempo com questões formais, disse o presidente do conselho, era hora de deliberar sobre os três aspirantes ao posto de reitor *pro tempore*. Eles foram escolhidos por não terem qualquer ligação política com a gestão de Justino Cadabra ou com os grupos que disputaram a eleição do ano anterior à reitoria. E cada um teria cinco minutos para se apresentar.

O professor Fernando Fushida, do Instituto de Física, nunca havia se envolvido com as eleições no campus, mas estava entre os pesquisadores mais prolíficos e relevantes da universidade. Filho de japoneses, o professor vestia um pullover vermelho sem mangas por cima de uma camisa cinza e trazia os óculos pendurados por uma cordão no pescoço. Ao falar diante do conselho, Fushida destacou sua experiência como cientista em instituições como a Nasa, nos Estados Unidos, e em universidades da Europa e disse que não estava interessado em fazer qualquer tipo de proselitismo. Para ele, a UNB precisava voltar urgentemente aos trilhos e isso só seria possível com organização e respeito à hierarquia.

O discurso não foi bem recebido pelos estudantes que protestavam do lado de fora do auditório. Irritados, alguns deles chegaram inclusive a forçar as portas para entrar na reunião, mas foram contidos pelos seguranças. Do lado de dentro, membros do conselho universitário se levantaram para dizer que a reunião não poderia seguir daquela forma. Francisco foi designado pelo presidente do conselho para controlar a turba, sob a ameaça de alguns professores de se retirar e inviabilizar a votação por falta de quórum.

Ao aparecer do lado de fora do auditório, o jovem foi aclamado pelos colegas. Francisco pediu calma. Disse que os professores estavam incomodados com o barulho e que ameaçavam interromper a reunião antes das deliberações caso os manifestantes continuassem a tentar intimidá-los. Valendo-se de sua recém-adquirida voz de comando, Francisco pediu aos liderados que se acalmassem. O objetivo estava quase sendo alcançado. Era preciso deixar o conselho eleger o novo reitor para que a polícia fosse enfim banida.

Enquanto falava com os colegas, Francisco reviu Sara pela primeira vez após flagrá-la com Canaglia. Ao contrário do que vinha fazendo desde que os dois se conheceram, ele não sorriu, nem brincou com ela. Francisco simplesmente virou o rosto para o lado. Sara estranhou de início, mas intuiu que o amigo já devia saber sobre o ocorrido entre ela e Canaglia. Por que os homens eram tão bobos? Por que não conseguiam simplesmente ser amigos de uma mulher, sem querer levá-la para a cama?

Júlia também estava por ali, e Francisco a buscou para perguntar se estava tudo bem. Na tentativa de ferir Sara de alguma forma, Francisco tentou demonstrar afeto por Júlia. Mas o carinho artificial, sem sentimento, saiu de forma desajeitada. Ele não sabia onde tocar — ou mesmo se deveria tocá-la. Tentou olhar com afeição para a menina, mas o máximo que conseguiu foi uma expressão meio doentia, que a assustou. O momento de constrangimento foi interrompido quando a menina lembrou que ele precisava voltar para o auditório. Francisco suspirou aliviado e, mais espontâneo, já livre daquele estado de encantamento artificial, disse que os dois se viam mais tarde.

Com o compromisso público de Francisco de que seus colegas iriam se comportar, a reunião foi retomada. A professora Lourdes Silveira de Melo, do Instituto de Geologia, discursou para dizer que estava prestes a se aposentar, mas que estava disposta a doar seu tempo para a UNB. Segundo ela, aquela universidade precisava de amor. A professora Lourdes, que exibia um longo colar de pedras coloridas enrolado três vezes ao redor do pescoço, sugeriu durante o discurso que fossem espalhadas ametistas pelo campus, para transformar as energias negativas em positivas. Foi a proposta mais chamativa que ela apresentou. Segundo a docente, a região da universidade estava muito carregada e talvez isso tivesse a ver com o fato de que houve um quilombo naquela localidade na época da escravidão. O discurso místico da geóloga foi aplaudido com certo constrangimento e sem muita convicção pelos colegas.

Na sequência, falaria o professor aposentado da Faculdade de Direito Loureiro Peixada, que também nunca tinha ocupado cargos administrativos na universidade e já atuara como secretário de segurança. Foi dessa experiência que o professor se valeu para dizer que não havia problema sem solução. A universidade precisava de tranquilidade, como seus antecessores ti-nham dito ao microfone. Mas não havia motivo para tanto alarde.

"Pior foi quando este campus foi invadido pelos militares. Perto do que aconteceu naquela época, o que ocorre hoje não é nada. O movimento estudantil faz parte da vida universitária. Os estudantes não são obrigados à satisfação permanentemente. E nós só vamos superar isso juntos", discursou o experiente professor, cuja falta de cabelo na cabeça era balanceada por um vasto cavanhaque branco.

Peixada segurava o microfone com a mão direita e cerrava o punho esquerdo em direção à plateia enquanto discursava. A disputa com seus dois concorrentes era desleal. O professor aposentado, cuja corpulenta forma lembrava um ovo, pavimentaria seu caminho rumo ao comando da universidade com uma oratória cativante e convincente. Os estudantes que aguardavam o resultado do lado de fora também gostaram do que ouviram — mas provavelmente se comportariam de modo diferente caso soubessem que o simpático aposentado era o candidato favorito do grupo de Justino Cadabra, ex-aluno e amigo íntimo de Loureiro Peixada, e que fora escalado exatamente para acalmar os ânimos.

O professor aposentado se dirigia aos revoltosos quando

disse que talvez o campus não precisasse mesmo da polícia. Ele tinha sido secretário de segurança, sabia do que falava. Mais do que isso: a universidade era o local perfeito para realizar aquela experiência, discursava o professor, para os aplausos do público que o ouvia do lado de fora do auditório. Aquela ideia passou a soar mais razoável mesmo aos ouvidos dos professores mais resistentes ao banimento da polícia. Era um especialista que falava, afinal. Um ex-secretário de segurança devia saber mais do que todo mundo sobre o assunto.

Peixada disse que ainda não era a hora de discutir aquilo, que ele nem tinha sido escolhido para assumir a universidade ainda e que a decisão caberia ao conselho universitário, mas destacou que, caso fosse eleito reitor *pro tempore* e caso a universidade optasse por expulsar a PM, ele assumiria a responsabilidade de implantar a "auto-segurança universitária". Quem sabe não estaria nascendo ali, na Universidade Nacional do Brasil, um novo modelo de segurança pública?

Era tudo o que uma plateia universitária precisava ouvir. O que pode ser mais sedutor para um acadêmico do que a possibilidade de participar de uma experiência social inédita e ambiciosa que poderia vir a influenciar os rumos da humanidade? Loureiro Peixada foi eleito por aclamação naquele início de noite e, apesar de sua eleição ainda precisar ser referendada pelo Ministério da Educação, ele voltou ao microfone sob aplausos para apresentar ao conselho uma proposta prática sobre a questão policial.

"Obrigado pelo voto de confiança, meu colegas. Prometo não decepcioná-los. E gostaria, de início, de pedir mais um voto de confiança, se não for exigir demais... Um grupo de estudantes nos desafia neste momento. Eles imaginam que esta universidade pode funcionar sem a presença da polícia. A ideia parece absurda, eu sei... Pois eu lhes digo, enquanto ex-secretário de segurança: talvez seja exatamente de algo do tipo que esta universidade mais precise neste momento. E eu não estou falando apenas de segurança, não me entendam mal. Eu enxergo uma oportunidade aqui. Percebem? Uma oportunidade de unir a comunidade acadêmica. De envolver a todos em torno de um projeto comum. Vocês conseguem enxergar? Esta, meus caros colegas, é também uma oportunidade que se apresenta para nós tomarmos conta do que é nosso. Ao repassar a responsabilidade da nossa segurança a outras pessoas, nós nos descuidamos. É por conta do falso sentimento de segurança trazido pela presença da polícia que boa parte da iluminação da universidade está ruim. Nos descuidamos nos últimos anos porque imaginamos que tinha alguém cuidando de nós. E eles não cuidam tão bem assim, a julgar não apenas pelo sentimento dos estudantes em relação aos policiais, mas também pela quantidade de roubos e furtos relatados no campus. Quem melhor do que nós mesmos para cuidar da nossa própria segurança? É por isso que eu proponho agora, e peço o apoio de vocês para fazermos isso funcionar, juntos: três meses de campus sem a polícia. Que tal? Se der errado, eu assumo toda a responsabilidade e os policiais voltam a nos patrulhar. Mas, se der certo... Aí, meus caros, nós nos arriscamos a fazer história."

A última frase, dita por Peixada de forma solene, uniu aplausos do lado de fora e de dentro do auditório. O presidente do conselho universitário sugeriu votar a proposta de Peixada por aclamação, mas encontrou resistência de alguns membros do colegiado. O professor Eunício Procópio, da Faculdade de Tecnologia, lembrou que a questão não era tão simples assim: a universidade não tinha poder para impedir a polícia de realizar o trabalho de patrulha no campus. Peixada pediu a palavra mais uma vez. Por sua experiência, isso não seria problema. Era uma questão de entendimento entre a universidade e a polícia. Os termos, inclusive, poderiam ser discutidos futuramente pelo próprio conselho universitário. O importante, destacava o reitor *pro tempore* eleito, era, por um lado, ouvir a vontade dos estudantes e, por outro, aceitar a responsabilidade que todos ali tinham enquanto acadêmicos: eles tinham, quase que por obrigação, de experimentar.

"Que mal isso poderia causar?", questionou Peixada.

O professor Augusto Canaglia, que deu um jeito de entrar na reunião apesar de não fazer parte do conselho universitário, aproveitou a deixa para encher de elogios a proposta de Peixada e tentar empurrar o seu próprio plano aos colegas. Longe do microfone, ele falava alto para ser ouvido de seu lugar na plateia.

"Os companheiros desculpem, por favor, minha intromissão. Eu sei que não deveria estar aqui, e, se estou, é porque imagino que possa contribuir para a resolução desta situação lastimável por que passa a nossa querida universidade. Há alguns dias, um grupo de estudantes me procurou em busca de ajuda para encaminhar a questão da segurança no campus. Talvez por falta de interlocução com a reitoria que se retirou, eles foram atrás de um professor que costuma ouvi-los, com o qual se sentem mais à vontade. Eu não podia imaginar que essa questão terminaria com a reitoria ocupada — e essa parece ser a consequência de tapar os ouvidos aos anseios dos nossos alunos... De qualquer forma, cheguei a elaborar um plano... Bem, seria melhor dizer uma proposta de segurança que vai na mesma direção do que disse o nobre professor Peixada. A proposta está baseada na composição de um comitê formado por professores, estudantes e servidores. Os representantes de cada grupo seriam eleitos em assembleias democráticas setoriais e, depois de escolhidos, receberiam treinamento e passariam determinado período liberados de suas atividades para cuidar da segurança do campus. Já que o nosso reitor *pro tempore* eleito — e eu aproveito para parabenizá-lo de novo pela eleição, e aos nossos colegas pela brilhante escolha, todos aqui estão de parabéns e tenho confiança de que juntos vamos recolocar a UNB nos trilhos... Mas, como eu ia dizendo, já que o novo reitor apresentou sua proposta, eu também gostaria de acrescentar a minha sugestão. Me parece que, depois de tudo o que aconteceu, esta universidade não pode mais se dar ao luxo de manter os estudantes tão distantes das suas decisões. Espero que isso sirva de lição inclusive para os nossos próximos reitores", discursou Canaglia.

Peixada considerou a proposta muito boa. Era exatamente de algo como aquilo que ele estava falando. O mais importante para o reitor eleito, naquele momento, era solucionar rapidamente a questão de segurança e devolver a tranquilidade à universidade. Peixada se dirigiu a Francisco, que estava na plateia, e questionou se os alunos aceitariam deixar a reitoria naquela noite caso o conselho aprovasse uma autorização para a reitoria *pro tempore* estudar alterações no sistema de segurança da universidade. Francisco e Gabriel se entreolharam e disseram que seria preciso consultar seus colegas de ocupação.

"Vão lá fora e tragam a resposta em cinco minutos", disse o reitor temporário.

Os garotos argumentaram que aquilo não seria possível. Não funcionavam assim. Era necessário convocar uma assembleia. Não estavam todos ali. Peixada pediu licença aos colegas e chamou os dois jovens para conversar atrás do palco.

"Meus jovens, eu queria dar os parabéns a vocês. Gabriel e... Francisco, não é?", iniciou Loureiro Peixada, apertado com firmeza as mãos dos dois. "O que vocês conseguiram é fantástico. Vocês sabiam que, no meu tempo de professor, eu tentei conduzir um movimento parecido com esse que vocês lideram?"

"O movimento não tem líderes, professor", rebateu Gabriel.

"Ah, claro, eu sei, o movimento não tem líderes... Mas são vocês dois que estão aqui, não é? E são vocês dois que eu vi falar na televisão enquanto acompanhava essa história toda sentado no meu sofá. E é com vocês dois também que eu gostaria de fechar um acordo para nós resolvermos esta situação. Vocês têm o meu compromisso de que a polícia terá de seguir as nossas regras dentro do campus. É isso que o conselho universitário vai aprovar em alguns minutos. Não tenho nada contra a realização de uma assembleia do movimento para decidir se vocês ficam ou saem da reitoria. Desde que vocês deliberem para deixar o prédio. Nós não podemos perder mais tempo. Se vocês desperdiçarem esta oportunidade, toda a luta pode ir por água abaixo", disse o reitor, que sussurrava em tom conciliador, mas firme.

Gabriel argumentou que a multa imposta pela Justiça ao DCE por conta da ocupação era outra questão que precisava ser tratada. Peixada disse que isso não era problema, que os estudantes poderiam considerar a multa extinta, e sugeriu que os dois rapazes acompanhassem a votação do conselho universitário para, após a proclamação do resultado, reunir os ocupantes da reitoria em assembleia e tomar a decisão de deixar o prédio. Dito isso, o reitor temporário apertou as mãos dos dois com firmeza mais uma vez, se despediu com um "conto com vocês" e voltou ao palco para liderar a votação.

O que fazer? Para Gabriel, eles não deviam se submeter assim à imposição de Peixada. Não houve negociação, não houve debate. Francisco argumentou que o novo reitor concordara com as principais demandas do movimento. Como justificar a manutenção da ocupação depois de o conselho universitário votar contra a polícia? Gabriel estava incomodado, queria ter negociado mais. Talvez fosse melhor ouvir o professor Canaglia... Não! Francisco não queria ouvir Canaglia. Aquele movimento era de estudantes, não de professores. Aquela ocupação seguiu por conta da defesa de Francisco, e ele dizia que agora sim era hora de parar. Se o reitor não mantivesse o acordo, se tentasse enrolar o movimento, eles voltariam a tomar o prédio. Era preciso saber quando parar.

Gabriel rumou contrariado, junto com Francisco, para os lugares que ambos ocupavam na plateia. Enquanto os professores debatiam a segurança no campus, Francisco viu Gabriel chamar Canaglia para um canto do auditório. Não dava pra confiar naquele palhaço. Indo tramar com o professor comedor de novo? Não sabia fazer nada sozinho? Canaglia encarou Francisco enquanto falava com Gabriel. Desta vez, Francisco enfrentou o professor com o cenho franzido antes de virar o rosto para seguir a reunião do conselho universitário. O presidente do conselho encerrou os debates e colocou a proposta de Peixada em votação. Por 32 votos a 10, os professores decidiram criar um grupo que deveria apresentar em 10 dias úteis uma proposta de segurança universitária que não envolvesse a polícia.

Os estudantes concentrados do lado de fora do auditório celebraram a vitória. Francisco sentiu que estava certo. Era hora de dar fim à ocupação. Quando estava se dirigindo para deixar o auditório, ele foi abordado por Gabriel, que deu o braço a torcer. A ocupação não fazia mais sentido. Os dois celebraram com os colegas de invasão do lado de fora do auditório e foram todos gritando palavras de ordem em direção à reitoria. A batalha estava vencida e faltava apenas que a assembleia decidisse pelo fim da ocupação para que todos pudessem voltar para casa. Foi o que aconteceu. Os estudantes se reuniram para a última assembleia daquele movimento e, agora sem nenhum discurso divergente, deliberaram por unanimidade pelo fim do protesto. Ficou apenas uma ressalva, anunciada por Gabriel: caso o comando da universidade não cumprisse a promessa de banir a polícia, eles voltariam a tomar o prédio.

***

A vista de Francisco se adequava à escuridão vermelha do laboratório de fotografia quando Catarina pegou em sua mão. O calouro ainda não tinha entrado naquela sala, que ficava no subsolo da Faculdade de Jornalismo, no longo prédio central de apenas dois pavimentos, e Catarina lhe apresentou seu lugar favorito no campus. O amplo laboratório era dividido em baias espalhadas pelas suas extremidades, cada uma com um banco de madeira. No centro do cômodo não havia nada, para evitar acidentes. Numa sala contígua, ficava o equipamento de revelação. Havia apenas outras três pessoas no laboratório, revelando suas fotos em silêncio.

“Essa escuridão me abraça, sabe? Não entendo como as pessoas se renderam tão fácil às câmeras digitais. É como se as fotos perdessem a alma...”, filosofou a menina, cuja rouquidão ficava ainda mais interessante na penumbra. Ela guiava Francisco pelas salas do laboratório.

As fotos em preto e branco tiradas por Catarina estavam penduradas por pregadores em um barbante que servia de varal na sala de revelação. Eram imagens de mendigos estirados na rua de formas variadas. Um deles estava com as duas mãos atrás da cabeça, com os braços dobrados e os cotovelos apontados para cima, e parecia posar com sua boca aberta para a câmera. Em outra foto, um corpo totalmente envolvido por um cobertor aparecia debaixo de uma placa de "Vende-se". Havia também um mendigo enorme, gordo e de vasta cabeleira e barba — que fez Francisco pensar nos seres fantásticos de *O Senhor dos Anéis* — que dormia encostado em uma parede e estava completamente envolvido por farrapos. Uma quarta imagem expunha as nádegas de uma senhora muito magra, cujas calças, muito folgadas, não conseguiram se sustentar presas à cintura durante a noite de sono.

"É um ensaio sobre moradores de rua. Enquanto dormem. Eu vou chamar de Dormidores de Rua", explicou a menina.

Francisco não sabia o que dizer. Arriscou um elogio.

"Uau... Di-diferente... Eu nunca tinha pensado que esse tipo de coisa poderia render um ensaio... Interessante..."

"Tudo pode render um ensaio fotográfico, essa é a magia. A professora me propôs um desafio. Ela disse que meus retratos estavam muito bons. E que nesse último trabalho eu precisava me desafiar. Eu estava pensando no que poderia fazer, procurando nas paisagens, no céu, no horizonte, nas fachadas dos prédios, nos muros, buscando por todo lado o que podia virar tema para um ensaio, aí tropecei em um mendigo deitado na calçada. Daí eu comecei a prestar atenção neles. Tem muita gente dormindo na rua... E, mesmo numa posição dessas, tão desconfortável, eles transmitem tanta paz enquanto dormem... Foi o que me cativou", disse Catarina.

"Nossa, bem legal mesmo... Mas eu fiquei curioso pra ver esses retratos de que você falou. Nesses em que você é especialista. Tem algum por aí?", sugeriu Francisco.

Catarina não tinha naquela tarde nenhum dos álbuns de retrato que costumava carregar pela universidade. Mas não faltariam oportunidades para os dois se verem naquele fim de semestre. O único impedimento para Francisco eram os encontros com as outras meninas que ele atraíra com sua fama de líder estudantil. Catarina era seu flerte na Faculdade de Jornalismo, mas a relação com Júlia iria avançar mais rápido. Foi nas férias de julho daquele ano, encurtadas mais uma vez para tentar acertar o calendário acadêmico prejudicado pela última greve de professores, que Francisco perdeu a virgindade.

Depois da votação final na ocupação, naquele domingo em que o movimento se desmobilizou, os estudantes se uniram uma última vez para limpar a reitoria e, sob instrução de Gabriel, "deixar tudo como haviam encontrado". Os prejuízos finais da ocupação foram calculados em 10 mil reais e anexados ao orçamento da universidade para o próximo ano letivo. Francisco e Júlia se engajaram no grupo responsável por organizar o gabinete do reitor, dando sequência ali mesmo ao flerte iniciado na noite anterior. Com tantas mulheres à disposição — além de Júlia e Catarina, Francisco trocava mensagens com a tímida Ludmila por telefone e redes sociais. Sara era página virada. Ou pelo menos Francisco tentava se convencer disso. Não se escapa impune depois de se aproximar tanto de uma mulher como Sara. Era nela que ele ainda pensava enquanto não estava na presença de suas pretendentes — e mesmo quando estava com elas, em alguns momentos. Por isso era tão importante marcar um cinema com Ludmila, ir a uma festa onde ele sabia que Catarina ia estar, frequentar as reuniões no apartamento de Júlia. E conciliar tudo isso com os estudos.

O fim da ocupação da reitoria desembocou na última semana de aula. Francisco precisava entregar trabalhos e fazer provas. Alguns professores, mais compreensivos com a alma revolucionária de seus alunos, aceitavam abrir exceções. Francisco foi dispensado de algumas tarefas e poderia entregar com uma semana de atraso sua reportagem final de Introdução ao Jornalismo, na qual apresentaria um relato em primeira pessoa, ao estilo do bom e velho novo jornalismo, de sua primeira experiência como militante político — dias depois ele compartilharia a reportagem nas redes sociais junto com a mensagem "A professora disse que não parece uma reportagem, que foi escrita mais com o coração do que com a cabeça. Se for para escrever sem coração, talvez eu não queira fazer reportagens".

Francisco não teria a mesma sorte na disciplina Introdução à Sociologia, cujo professor se negou a flexibilizar o prazo para a reposição da prova que ele já havia perdido. Ele compareceu à prova, que permitia consulta aos livros da disciplina, certo de que tiraria a missão de letra, apesar de ter bebido além da conta na noite anterior em uma festa na casa de Júlia. Não deu. Não satisfeito com a possibilidade de consultar os livros que ele não tinha lido, o jovem pediu ajuda para um colega durante a prova e, flagrado pelo monitor da disciplina, acabou reprovado na matéria. E daí?

Havia tanta coisa acontecendo na vida de Francisco que aquela reprovação se tornou um mero detalhe. Se fosse preciso, cursava a matéria de novo — e quem precisava daquelas aulas de sociologia? O jovem calouro não daria qualquer atenção ao assunto se não tivesse sido alertado, semanas depois, de que a maioria de seus colegas de turma também fora reprovada. Indignados com a rigidez do professor, que não aceitava qualquer resposta em suas maravilhosas provas, os reprovados se mobilizaram para questioná-lo formalmente. Francisco se uniu ao grupo, que conseguiria meses depois a nota mínima para a aprovação de toda a turma — o próprio Francisco inclusive — já que as provas do professor acabariam sendo consideradas muito rigorosas pelo direção do Departamento de Sociologia.

Dentro de casa, ao contrário do que ocorria na universidade, a vida de Francisco já não ia tão bem. Seus pais olhavam com desconfiança para as novas amizades do rapaz. E começavam a surgir atritos onde antes não havia sinal de problema — como no súbito interesse do filho pelas atividades da empresa para qual o pai prestava serviços de contabilidade. A transportadora Correia Ferranos era suspeita de envolvimento em corrupção.

Parte da tensão se diluía no prazer paterno de ver o filho empolgado e enfim envolvido em atividades relevantes. Não era agradável para o pai ouvir seu garoto acusá-lo de trabalhar para uma empresa que fraudava licitações, mas Afonso Pedroso tentava se convencer de que aquilo era uma fase, ia passar. Francisco cobrava que o pai deixasse o emprego, chegou até a insinuar que o velho estava sendo covarde depois de o noticiário da tevê revelar detalhes da trama de ilicitudes que envolvia a Correia Ferranos. Mas o que aquele menino que saiu de casa naquela noite batendo a porta sabia da vida? Enquanto o estrondo ainda ressoava em seus ouvidos, Afonso torcia em silêncio para que o seu filho se desse conta de que o pai abandonara qualquer sonho de felicidade profissional para trabalhar em um emprego inexpressivo e desinteressante no momento em que soube que sua mulher estava grávida, exatamente para que aquele ingrato pudesse gastar seus dias lutando por um mundo melhor.

O atrito doméstico afastou Francisco do pai, mas o aproximou ainda mais de Júlia. Agora eles tinham algo em comum além de querer melhorar o mundo: pais vilões. Júlia sabia muito bem como era ter vergonha do próprio pai. E foi após mais uma noite de cerveja e maconha na república da menina, com apenas Danúbia de testemunha no quarto ao lado, que Júlia e Francisco se aprofundaram tanto em suas intimidades que um entrou dentro do outro. Francisco perdeu a virgindade como praticamente todo homem: sem admitir que era virgem, mas sem conseguir escondê-lo. Júlia tinha por regra transar apenas por cima do parceiro, e sempre de frente, para não correr o risco de ser submetida por um homem naquele momento de extrema vulnerabilidade. O feminismo erótico da menina poderia ter facilitado o trabalho de Francisco para simular alguma experiência sexual, mas os gemidos, o cheiro e o movimento dos seios fartos de Júlia, que sentara em cima do estreante, levaram o jovem a terminar seu primeiro ato muito mais rápido do que planejara. Francisco teria oportunidade de aprimorar sua técnica minutos depois, naquela mesma noite, quando Júlia voltaria a montar em cima dele. Mais aliviado, o jovem conseguiria admirar por mais tempo o balançar dos seios da menina, que mal cabiam em suas mãos.

Os encontros íntimos entre os dois se estenderiam ao longo daquele semestre, graças ao empenho de Francisco em agradar a amante. O jovem chegou a se engajar numa campanha contra a derrubada de árvores no campus, apenas porque a mobilização era comandada por Júlia. A menina se comoveu com um conjunto de casuarinas que fazia sombra havia décadas para um prédio da universidade, mas que estavam infestadas por cupins. As árvores ameaçavam cair durante as próximas chuvas. Júlia não entendia como seria possível descartar assim, de uma hora para outra, cerca de 100 árvores com mais de 50 anos de idade. Auxiliada por Francisco, a estudante liderou um grupo de 10 pessoas que se amarrou aos troncos no dia programado para a poda. A mobilização vingou. As árvores só seriam cortadas meses depois, quando a primeira chuva mais forte jogou duas delas contra o prédio que seus galhos costumavam sombrear.

Demonstrações de companheirismo como essa permitiriam a Francisco afrouxar a rigidez sexual de Júlia, que no fim daquele ano descobriria encantada, após mais uma noite de bebedeira, os prazeres de transar de quatro, completamente submetida ao parceiro e entregue, enfim, ao prazer mais puro e autêntico. Havia prazer em se entregar. Havia prazer em confiar, em não temer a punhalada pelas costas que ela imaginava que levaria ao baixar a guarda. A descoberta de Júlia foi tão intensa que ela acabou se apaixonando por Francisco, e todo aquele papo de relação aberta e liberdade sexual perdeu o sentido. Júlia queria compromisso. E Francisco decidiria que era hora de terminar aquela história. Ele ainda não estava pronto para um relacionamento sério.

Semanas antes do fim daquela relação, Francisco tinha conhecido com mais profundidade uma segunda mulher. Em uma excursão de fim de semana organizada pela professora de Técnicas de Reportagem, Francisco conseguiu levar Catarina, monitora da disciplina, para a cama. Foi em um quarto daquela pousada de cidade do interior, numa tarde chuvosa de domingo, que o garoto ficou sabendo que a colega de curso nunca tinha feito sexo anal, ao contrário do que dissera na noite em que os dois se conheceram. Ela confidenciou a Francisco, aliás, que só o faria depois do casamento — ele que não achasse que ela era dessas piranhas.

Dos alvos possíveis naquele semestre, o que deu mais trabalho ao jovem conquistador foi Ludmila. A tímida e religiosa estudante de tradução não frequentava as festas da universidade e fazia jogo duro com o rapaz nas mensagens trocadas pela internet. Francisco só conseguiu romper a resistência, ironicamente, após ouvir as dicas de conquista do professor Augusto Canaglia. Ele caminhava pelo campus numa tarde pacata de sexta-feira quando ouviu seu nome ser chamado por Carlos. O poeta sem-teto estava numa roda com Gabriel, Canaglia e outros estudantes. Pareciam ter acabado de sair de uma aula.

"Aí ela soltou essa — prestem atenção, que essa é demais —, com aquele jeito acanhado, de matuta, humilde mesmo: 'mas o senhor é um SEM-VERGONHO...' AHAHAHAH", contava Canaglia às gargalhadas quando Francisco se aproximou.

Carlos explicou a Francisco que o professor estava dando dicas de conquista aos alunos. Será que Canaglia tinha usado aquelas táticas para conquistar Sara?

"As meninas mais simples a gente conquista com flores, chocolates... As mais intelectualizadas exigem mais do que isso", explicava Canaglia, com malícia e irreverência, para a plateia de estudantes. "Se você tiver algum talento e tempo, escreva. Escreve qualquer coisa, um poema, um parágrafo, uma receita de bolo, uma lista de compras. Desde que seja endereçada a elas, é tiro e queda. Agora, se você não tiver talento, nem paciência, a dica é Vinícius de Moraes. O poetinha sempre funciona. O cara se casou nove vezes! Pode escolher um poema e mandar, que vai agradar a moça com certeza. Agora, a bomba nuclear é A mulher e seu passado, do Rubem Braga. Essa crônica é tiro e queda mesmo. Algum de vocês já leu? Isso, podem anotar. Tomem nota, meus discípulos! ahahah Usem e depois me cobrem. É só mostrar que a mulher se apaixona. E tem também o antídoto, pra depois que o serviço estiver feito... Porque ninguém é de ferro! ahahahaha."

Canaglia se referia a um poema de Púchkin, intitulado *Amei-te*. Foi com ele que Francisco encerrou sua história com Júlia, ao fim daquele ano. Na tradução que o jovem encontrou na biblioteca, o poema diz:

> "Amei-te — e pode ainda ser que parte
> do amor esteja viva na minha alma.
> Mas isto, pois em nada hei de magoar-te,
> não deve mais tirar a tua calma.
> Sem esperança e mudo em meu quebranto,
> morto de ciúme e timidez também,
> eu te amei tão sincero e terno quanto
> permita Deus que te ame um outro alguém"

A dica de Canaglia não colou com Júlia, que deixou de falar com Francisco após o rapaz se negar a assumir um compromisso sério. A menina ficou tão profundamente machucada que não teve forças nem para difamar sua paixão não correspondida nas redes sociais. Mas a crônica de Rubem Braga o ajudou a abrir o coração de Ludmila. Sexo com ela seria mais difícil, mas os beijos e carícias trocados no cinema ajudavam Francisco a esquecer Sara por algumas horas.

Francisco Pedroso de Hollanda

FACULDADE DE JORNALISMO
INTRODUÇÃO AO JORNALISMO
REPORTAGEM FINAL
FRANCISCO PEDROSO DE HOLLANDA
2010/217166

Ocupa e resiste, uma reportagem-manifesto

O reitor caiu. A notícia chegou por mensagens de celular. Após cinco dias de resistência dentro da reitoria, sem acesso a água e luz, os estudantes exibiam olhares de alívio e felicidade. "A gente conseguiu!", celebrava Sara Ferreira Seixas, 17 anos, aluna do curso de antropologia da Universidade Nacional do Brasil (UNB). "Essa é a força dos estudantes", comemorava Gabriel Armeno, 25 anos, presidente do Diretório Nacional dos Estudantes (DCE). Mas a missão daquele grupo de soldados da liberdade ainda não estava completa. Em meio aos cartazes de protesto e aos abraços da vitória, a euforia do momento escondia o fato de que o objetivo daquela ocupação ainda não tinha sido alcançado. Era preciso ocupar e resistir até que a polícia fosse definitivamente expulsa do campus.

O movimento começara semanas antes, quando dois alunos da UNB chamados Pedro Alonso Tunes e Frederico Oliveira de Mello, ambos de 18 anos e alunos do curso de sociologia, foram agressiva e ostensivamente detidos por policiais enquanto fumavam maconha. Desde aquele dia, toda a co-munidade universitária estava detida. E caberia a um grupo de corajosos alunos libertar os estudantes, professores e funcionários que circulavam pelo campus, muitos deles sem nem saber que estavam sendo submetidos a um Estado de exceção.

Eu era um desses zumbis apolíticos que circulavam por ali desorientados. Mas fui acordado a tempo por companheiros que me ensinaram sobre a responsabilidade que adquire todo aquele agraciado pelo privilégio de estudar em uma universidade pública. Foram as palavras de Gabriel Armeno, semeadas campus afora por meio de um carro de som, que plantaram em mim a semente da consciência social.

Eu, que venho de família humilde, mas nunca senti na pele as agruras da pobreza. Eu, que oprimia mulheres, negros e gays sem nem perceber. Sem nem percebê-los. Sou eu a notícia da semana, a notícia do mês. Eu, que acordei de um sonho de 18 anos durante o qual o mundo me parecia um lugar perfeito, sem pro-blemas além das minhas neuroses juvenis, do meu en-simesmamento. Não é. A sociedade, e em especial a sociedade brasileira, é racista, machista e homofóbica. E foi a luta contra a opressão policial no campus que despertou mais um soldado para essa batalha pela justiça.

Quando o movimento "Ocupa reitoria" derrubou o reitor, parecia que estava tudo acabado, mas coube a mim (logo eu, o novato, o apolítico, o opressor recém-descoberto) perceber que o fim ainda não tinha chegado. Eu não seria ingênuo de me gabar por isso. Eu me sinto cada vez menor diante dos problemas do mundo, diante dos desafios que se desvelam à minha frente. Talvez fosse o meu ímpeto de marinheiro de primeira viagem falando mais alto na hora em que peguei o microfone para discursar e pedir aos colegas que ficassem. Era preciso seguir ocupando e resistindo. A luta não tinha acabado ainda, companheiros. Para a minha surpresa, meus colegas de luta concordavam.

Talvez tenha sido ali, enquanto eu dizia aquelas palavras, que nasceu o novo Francisco. E, aqui, eu relato isso: o nascimento de um militante político. Um privilegiado disposto a pagar todas as suas dívidas sociais, e as dívidas de sua família — se ela não estiver disposta a fazê-lo — e de seus antepassados — que já não estão mais por aqui para fazer a própria penitência — , e também a cobrar as dívidas dos outros, principalmente daqueles que acreditam nada dever. Um agente da esquerda e do progresso que vai guerrear pela paz, é isto que se apresenta. Sempre sem violência. Ou melhor: apenas com a violência das palavras. Toda a violência que as palavras permitirem. Sem perder a ternura, como pregou o mais poético dos revolucionários.

E, se os barões da grande mídia se colocarem no caminho dessas palavras, caberá a elas submetê-los também. Porque são as palavras que movem o mundo. "Não é no silêncio que os homens se fazem, mas na palavra, no trabalho, na ação-reflexão", ensinou nosso patrono Paulo Freire. É por meio da palavra, portanto, e do trabalho e da ação-reflexão que eu me comprometo a combater o bom combate. Não porque seja melhor do que os outros, mas porque sou igual a eles. Porque não me renderei mais (é um compromisso) à tentação do individualismo e do egoísmo. Vivo, a partir de agora, para os outros.

Eu não fui o único a me transformar durante essa pequena revolução universitária. Fernando Henrique Paes Leme, 19 anos, Juliana da Fonseca Freixeira, 18 anos, Joaquim Ferdinand Hereda, 20 anos. Todos companheiros de luta e agora amigos que, assim como eu, despertaram para a realidade dentro da reitoria da UNB. Fernando faz direito, Juliana estuda letras e Joaquim é da psicologia. Depois de conseguir diminuir um pouco a opressão dentro de um campus universitário, cada um deles (cada um de nós) vai ocupar e resistir até fazer do mundo um lugar melhor.

3

A posse formal de Loureiro Peixada como reitor *pro tempore* foi seguida pela assinatura de um protocolo de intenções entre o representante da universidade e a Polícia Militar. Baseado no plano do professor Augusto Canaglia, o documento previa que a polícia iria capacitar equipes de professores, estudantes e funcionários da universidade para atuar na segurança. Enquanto a capacitação estivesse ocorrendo, os PMs, que também deveriam passar por treinamento específico para atuar no campus, foram instruídos a fazer rondas menos ostensivas na universidade.

Durante a primeira semana de execução do plano parecia que as mudanças iam dar certo. Vários voluntários se inscreveram para o curso de segurança universitária e se empenharam em aprender procedimentos de prevenção e investigação. A mobilização em torno do projeto de "auto-segurança universitária" tentava chamar a atenção do resto da comunidade acadêmica para os benefícios de fazer a própria vigilância. Alguns chegaram inclusive a cantar vitória e publicar artigos prevendo uma nova forma de segurança para a universidade brasileira e, quiçá, para os grandes e mais violentos centros urbanos do país. Mas o período de férias esvaziou a mobilização. Muitos dos inscritos tinham viagens marcadas com meses de antecedência e, sem poder adiá-las, ficaram de completar a instrução em outro momento. Enquanto isso, com a polícia mantida a uma distância respeitosa do campus, os professores e alunos que seguiram frequentando a universidade durante as férias sentiram um aumento na sensação de insegurança. Os relatos de furtos e roubos nas dependências da universidade se tornaram mais frequentes — três carros foram encontrados, em dias diferentes, sem as quatro rodas e escorados em tijolos. Talvez fosse o preço a se pagar pelo ambicioso plano de reformulação da segurança, defendiam os partidários do "Fora, PM". O argumento ficou mais difícil de sustentar durante o início do novo semestre, quando a circulação pela universidade voltou ao normal e o número de carros roubados aumentou como nunca no campus.

"Pelo jeito, os ladrões de carro também são a favor do Fora, PM", Eduardo provocava Francisco.

Não é que Francisco estivesse exatamente interessado na segurança do campus — pelo menos desde que passou a deixar seu carro em casa para ir de ônibus à universidade. Ele ainda concentrava toda sua atenção nas novas conquistas amorosas. O protagonismo na ocupação da reitoria exigia dele, contudo, alguma demonstração de empenho para que o novo sistema de segurança funcionasse. Francisco tinha um legado a defender.

Ele e Júlia estavam na primeira equipe universitária de segurança destacada para patrulhar o campus e chegaram até, durante uma ronda vespertina, a flagrar um engraxate furtando a bolsa de uma estudante distraída. Os dois seguiram à distância o menino, que, apesar da pobreza evidente — escancarada pela caixa de madeira que carregava pendurada no ombro — estava bem vestido, com sapatos bem lustrados, meias brancas levantadas na altura da batata da perna, uma bermuda social cáqui, uma camisa de botão branca e justa, de mangas curtas, e uma gravata borboleta azul marinho.

O primeiro impulso de Francisco foi gritar "pega ladrão", mas Júlia censurou seu ímpeto de correr em direção ao meliante. Era preciso avaliar melhor a situação, para não cometer nenhuma injustiça. Tomando o cuidado de não serem vistos pelo engraxate, os dois observaram o jovem se afastar da vítima discretamente, mas com agilidade, e abrir a bolsa. O menino vasculhou a bolsa e tirou de dentro uma carteira. Sempre levantando a cabeça para checar se estava sendo observado, o engraxate tirou discretamente algumas notas de dentro da carteira e, depois de jogar todo o resto do produto de seu furto no chão, se afastou da cena do crime.

Para Francisco, essa era a hora do ataque. Júlia discordava. Aquele jovem não era o inimigo da universidade. De que ia adiantar denunciar uma vítima da sociedade como aquela? E como colocar aquele jovem nas mãos da polícia ia ajudar no seu futuro? Ou mesmo no futuro da universidade? Ele não tinha alma de contraventor, dizia Júlia. Apenas precisava de ajuda. Aquele menino estava tentando ganhar a vida como engraxate, isso era um sinal de responsabilidade. E ele pegou apenas o dinheiro, que é do que precisava, e deixou todo o resto, argumentava a estudante. Francisco não se animou a discutir. Era o início de seu relacionamento com a menina e ele já ia conseguindo avanços contra a rígida conduta de Júlia na cama. Acompanhando com os olhos o engraxate se afastar, Francisco pegou a bolsa roubada e, cuidando para não ser notado, colocou-a próximo à dona, que provavelmente só foi notar o furto, sem entender onde fora parar o dinheiro que levava na carteira, quando precisou pagar por alguma coisa.

Dias depois, Júlia voltaria a encontrar o engraxate circulando pelo campus e resolveu lhe oferecer um almoço. Enquanto assistia a seu convidado comer uma lasanha de microondas e tomar uma lata de Coca-Cola numa das lanchonetes da universidade, Júlia se informou sobre a vida de Romualdo de Oliveira, o jovem de 13 anos que engraxava sapatos desde os 11 para complementar a renda da família. Romualdo contou que morava com a mãe e com três irmãos mais novos em um quarto cedido por uma de suas tias. O pai tinha abandonado a família, e era melhor assim, porque pelo menos a mãe não apanhava mais — isso acontecia toda vez que o marido aparecia em casa bêbado.

Júlia se emocionou com a história e decidiu ajudar aquela família. Romualdo parecia muito esperto, muito articulado, tinha um futuro promissor. Podia fazer muito mais do que passar a vida engraxando sapatos ou fazendo bicos. Júlia levou o menino para casa e, diante de seu computador, montou com ele um currículo, que os dois combinariam de começar a distribuir no dia seguinte. Depois de levar o garoto até a porta de casa e ouvir dele que os dois se veriam na próxima tarde, no mesmo lugar onde haviam se encontrado, Júlia sentiu por alguns minutos que estava fazendo a diferença. Um sentimento de satisfação e paz invadiu seu peito e a encheu de serenidade. Se todas as pessoas fizessem aquilo que ela acabara de fazer, se tentassem efetivamente ajudar as pessoas que precisam, o mundo seria um lugar muito melhor. Era preciso partilhar aquilo com alguém, mas Danúbia não estava por perto. E Júlia não conseguia encontrar seu iPhone novo. Onde foi parar esse aparelho? Será que...?

Não, não podia ser. Era até feio pensar aquilo. Romualdo parecia tão animado com a possibilidade de começar uma vida digna, de trabalhador. E ele prometeu encontrá-la no dia seguinte... O menino não levaria o celular desse jeito, não tinha alma de ladrão. Júlia devia ter esquecido em algum lugar seu iPhone — que seu pai lhe dera de aniversário e do qual ela havia fingido não gostar, para não dar essa alegria ao velho, apesar de ter rapidamente se apegado ao smartphone como se sua vida dependesse disso. Era isso. Ou talvez Romualdo tivesse pegado o aparelho sem querer, e devolveria no dia seguinte. Devia ter caído em sua caixa de madeira. A jovem remoeu essas dúvidas ao longo de todo aquele dia enquanto procurava seu aparelho por cada canto de casa. Ela ligou para o próprio número várias vezes na esperança de ouvir o celular tocar ou de que pelo menos alguém atendesse do outro lado da linha, mas o telefone tinha sido desligado.

Danúbia ajudou nas buscas depois de chegar em casa, à noite, mas nunca ouviria sobre as suspeitas da colega de república em relação a um jovem engraxate. Júlia foi se deitar pensando nisso. Sonhou com seu telefone, que, no sonho, não guardava apenas as suas músicas preferidas, mas lhe conferia a capacidade de voar. Júlia acordou pensando em seu iPhone e interpretou aquele voo bizarro da noite como o sentimento de liberdade que o aparelho lhe dava. Presa a esse pensamento durante as aulas do período da manhã, a jovem mentalizava seu encontro vespertino com o engraxate. Talvez ele tivesse feito apenas uma brincadeira... Era isso. Será que ele queria testar o apego material de sua benfeitora e expor a ela, ao mesmo tempo, suas desconfianças burguesas em relação aos mais pobres? Romualdo seria tão sofisticado a esse ponto? Que menino esperto!

Ele iria devolver o aparelho, claro que iria. Se não devolvesse, com que cara ela pediria um novo telefone celular ao pai? Não, isso ela não faria nunca, de forma alguma. Júlia almoçou rápido e, na mesma velocidade, se dirigiu para o ponto onde ela e Romualdo haviam se encontrado no dia anterior. Ele não apareceu no horário combinado. Nem nos 10 minutos seguintes. Nem na meia hora seguinte. Júlia esperou por uma hora. Outros dez minutos. Romualdo não apareceu naquele dia. A menina voltou ao mesmo ponto na tarde seguinte. Porque o engraxate podia ter se confundido em relação ao dia. Ou talvez tivesse enfrentado alguma dificuldade para sair de casa, por falta de dinheiro para a condução. Mas Romualdo também não apareceu no dia seguinte. E Júlia nunca mais o viu transitando pela universidade. Nem o jovem engraxate, nem seu iPhone.

***

Talvez tenha sido pelo desinteresse da comunidade acadêmica. Talvez pelo aumento expressivo na quantidade de boletins de ocorrência registrados na região do campus... O fato é que, antes mesmo dos três meses de experiência programados para o teste da guarda universitária, a polícia voltaria a patrulhar o campus da mesma forma que fazia antes dos protestos contra a PM — com a ressalva de que os policiais estavam instruídos a não abordar membros da co-munidade acadêmica sem antes informar à reitoria. O plano de revolucionar o sistema de segurança dentro e fora da universidade foi sepultado de maneira discreta.

Quem chegara a acreditar que estava participando de algo que poderia mudar os rumos do convívio em comunidade se consolava pensando que a universidade — e mesmo a própria humanidade — não estava pronta para algo tão ambicioso. Já aqueles que haviam se posicionado contra as mudanças na segurança do campus estavam tão aliviados com a volta das rondas policiais e o fim dos protestos diários contra a polícia que nem se animaram a cobrar dos revolucionários explicações sobre o aumento de roubos e furtos na universidade.

Havia ainda um terceiro grupo, bem menor do que os outros dois, que creditava ao reitor *pro tempore* o fracasso da empreitada e começava a se mobilizar em torno da candidatura do professor Augusto Canaglia à reitoria. Fazer a guarda universitária funcionar era uma de suas principais promessas de campanha. Mas a comunidade acadêmica e o professor Canaglia teriam mais com o que se preocupar naquele semestre. E o tão esperado processo eleitoral acabaria se transformando em um detalhe em meio à comoção que tomaria conta do campus.

Júlia Teixeirense Carvalhosa

HÁ UM ESTUPRADOR À SOLTA NA NOSSA UNIVERSIDADE

Eu não queria precisar escrever isto, mas não me restaram alternativas, já que as nossas autoridades não parecem interessadas em tirar esse abusador de circulação. Na noite do último dia 26 de junho, quando os estudantes que ocupavam a reitoria em defesa de um campus mais livre celebravam a queda do reitor Justino Cadabra, um professor desta universidade abusou de uma de suas alunas. Dentro da reitoria. Eu vou repetir: foi cometido um estupro dentro da reitoria da Universidade Nacional do Brasil.

Digo que não queria expor o caso porque é a polícia que deveria ter cuidado desse assunto. Mas a polícia não cuidou. Vou preservar o nome da estudante violada durante aquela que deveria ser uma noite de festa e felicidade na UNB porque ela já sofreu mais do que devia. Revelo apenas que ela, confiando no trabalho das autoridades, denunciou seu abusador à polícia. Segundo essas mesmas autoridades, todavia, não há qualquer indício de que nossa colega tenha sido estuprada. A vítima não tem marcas no corpo, não apresenta sinais de resistência. É o que diz o laudo oficial. Você pode não enxergar, seu delegado, mas a vítima dessa violência está marcada para a eternidade.

A violência sexual contra uma mulher é um crime contra todas elas. E a falta de punição contra um abusador sexual é um prêmio para todos eles. É por meio de casos como esse, em que a palavra da vítima não tem qualquer validade para a condenação de um estuprador, que a cultura do estupro se perpetua na nossa sociedade. Pois, se as autoridades não cumprem seu papel, aqui vai um recado das mulheres para os violadores: não passarão! Compartilhem esta mensagem em suas páginas e informem a toda a comunidade acadêmica: HÁ UM ESTUPRADOR À SOLTA NA NOSSA UNIVERSIDADE.

Ele é tido como augusto professor por muitos, mas, na verdade, como alguns suspeitavam e alertavam sem que lhes déssemos ouvidos, é um grande canalha!

4

No brilhante *O ego universal e a morte do altruísmo*, Svetlano Kiroski, professor do Instituto de Psicologia da Universidade Nacional do Brasil, analisa o individualismo ocidental para explicar o desenvolvimento de uma sociedade na qual todos parecem se preocupar com todo o mundo permanentemente. Para o psicanalista esloveno, a preocupação constante com os rumos da humanidade e do universo, fruto de uma disputa insana por poder, marca o auge do culto mo-derno ao próprio ego. Ao se posicionar como cuidador do mundo, o homem contemporâneo abandona interesses que possam ser considerados mesquinhos e triviais, como cuidar da própria família ou acumular patrimônio, para doar sua vida a causas aparentemente mais importantes e urgentes.

Como consequência, esse homem alegadamente desapegado eleva o próprio ego ao maior nível possível e se autoproclama herói. Se tiver sorte, segundo o psicanalista radicado no Brasil desde os anos 1990, o egoísta virará mártir de alguma causa sem nem precisar morrer, graças à superexposição da intimidade que marca a nossa época e inviabiliza qualquer possibilidade de altruísmo sincero e desinteressado. É o triunfo de Bernard Mandeville sobre Adam Smith, proclama o autor. O vício privado de fato se transforma em benefício público — no único benefício público possível. O mais simples ato de bondade é praticado sempre na perspectiva de sua divulgação, da autopropaganda, e isso mancha de egoísmo mesmo as melhores ações.

Kiroski complementa sua análise na sequência *O ego numa casca de noz*, também publicado pela Editora UNB. Nele, o pesquisador diz que, apesar de o individualismo ser tratado pela intelectualidade ocidental como o grande vilão do século, esse indivíduo tão vilanizado sumiu sufocado em meio a coletivos infinitos nas últimas décadas. Negro e branco, homem e mulher, rico e pobre, progressista e reacionário, capitalista e comunista, direitista e esquerdista, liberal e conservador, homo e heterossexual, cis e transgênero, vegetariano e carnívoro, vegano, emo, hipster, ciclista, nudista, naturista. O somatório de tudo isso deveria fazer de cada indivíduo um ser único, mas tende a limitar toda a existência à representação de cada um desses grupos.

Educadas para viver dessa forma desde a mais tenra idade, as gerações mais novas passaram a encarar o mundo através de "peneiras temáticas", por meio das quais filtram tudo o que enxergam para retirar dali apenas seu interesse mais específico, como a discriminação contra minorias. Eles enxergam preconceito e discriminação, em menor ou maior dose, para onde quer que olhem.

É nesse contexto coletivo, escreve o psicólogo esloveno, que um justiceiro social não se contenta em condenar em primeira instância. Ele não está interessado em resolver um caso específico de estupro, discriminação ou latrocínio. Como se fosse um juiz da Suprema Corte, o justiceiro social pretende estabelecer uma jurisprudência a partir de seu veredicto, para que a condenação reverbere para além do caso em questão. É assim que os murros de um marido alcoolizado contra sua mulher adúltera na sala de estar em um domingo à noite abandonam a esfera de um lar despedaçado para se transformar em um sintoma da violência doméstica e em símbolo da opressão machista do patriarcado. O crime deixa de ser cometido por e contra um indivíduo, já que afeta toda uma categoria. A vítima da violação não é mais uma mulher, mas todas as mulheres. É dessa forma que os galanteios impertinentes de um jovem ignorante são igualados à violação sexual infligida a uma prisioneira de guerra, e ambos, "somados e misturados em um coquetel amargo, passam a endossar a existência de uma cultura do estupro". Não se sofre mais sozinho desde que se tornou possível dividir a dor com milhares de pessoas instantaneamente, conclui Kiroski. Por outro lado, o sofrimento passou a ser permanente para todos aqueles que compõem cada um desses grupos, pois sempre haverá um de seus membros sofrendo.

Outro efeito colateral desse comportamento é a autoexposição. Para compartilhar o próprio sofrimento, é preciso se expor publicamente. Ao contar sua história, a vítima de crime ou injustiça pode acabar submetida a ainda mais problemas, como ocorreu no caso de Sara.

Depois que Júlia publicou o post para denunciar o professor Augusto Canaglia, como ela deixava claro apesar de não mencionar seu nome, Sara, que já frequentava o campus com menos assiduidade naquele semestre, nunca mais foi vista na Universidade Nacional do Brasil. Comentava-se que ela tinha se mudado para os Estados Unidos. O cuidado de Júlia ao omitir o nome da amiga de pouco serviu para preservar sua identidade, já que a imprensa se debruçaria sobre o caso com obsessão — além do mais, a história já vinha sendo acompanhada discretamente pela administração da universidade.

Pode ser que, ao deixar a UNB e o país, Sara estivesse fugindo do estigma de ter denunciado um estupro não confirmado pela polícia, como interpretavam e propagandeavam as feministas envolvidas no debate público. Essa era a forma mais óbvia de interpretar sua decisão de se mudar para Nova York e apagar todos os vestígios de sua vida digital. Mas nem todo mundo pensava assim. O caso virou tema de debate recorrente no campus. Será mesmo possível saber exatamente o que alguém está sentindo?, questionavam alguns. Talvez apenas a descoberta de um diário íntimo, desses em que realmente se escrevia verdades incômodas e por vezes impublicáveis, revelasse o que Sara de fato sentiu por conta de toda aquela história, sugeria uma professora de literatura francesa, fantasiando como a trama se desenrolaria caso o diário de Sara fosse parar nos jornais. Mas não se escrevem mais esses diários, rebatia a colega que dava aulas de realismo. Os mais céticos decretavam que a parte mais relevante da intimidade da maioria das pessoas permanecerá um mistério para aqueles que não frequentam seu círculo mais íntimo. Eram vãs as especulações sobre o que tinha acontecido.

"Tudo o que temos à disposição são fotos de passeios na praia e jantares à luz de velas ou mensagens publicadas com a intenção de exibir algum tipo de segurança ou força de caráter, mas que geralmente não passam de demonstrações de fraqueza e pedidos de ajuda disfarçados", decretava o professor de existencialismo empunhando seu copo de plástico com café na sala da pós-graduação do Departamento de Filosofia.

É de se lamentar o efeito colateral que atingiu Sara após a denúncia contra Canaglia. Mas como negar a eficiência do linchamento público? Com a vantagem — na comparação com o linchamento físico — de não deixar a vítima sangrando em praça pública e, assim, evitar o desagradável contato com a brutalidade humana, o linchamento moral decreta uma condenação muito mais rápida do que o lento sistema judicial jamais poderia fazer.

Augusto Canaglia imaginava que, depois de arquivada pela polícia, a denúncia de Sara não teria qualquer efeito sobre a sua vida. Mas a mensagem publicada por Júlia em redes sociais e disseminada via e-mail se espalhou tão rapidamente que, antes mesmo que o professor de filosofia descobrisse a melhor forma de reagir, mensagens de outras estudantes que se diziam vítimas de Canaglia começaram a circular. Em linhas gerais, as denúncias pintavam o acadêmico como um assediador contumaz de alunas, um galanteador barato que não resistia a um rabo de saia.

Um dos relatos contava como o professor roubou um beijo de uma aluna do mestrado da filosofia em uma festa na casa de amigos, ali mesmo no campus, em um dos apartamentos funcionais dos professores. Nenhuma das denúncias chegava a apontar Canaglia exatamente como um estuprador, mas a recorrência dos relatos desabonadores sobre sua índole foi o bastante para endossar e reforçar a acusação pública feita por Júlia. Além de tudo, o professor não era lá muito cioso dos pagamentos da pensão alimentícia do filho que teve com a ex-mulher, o que piorou ainda mais a sua imagem.

Acuado, o professor de filosofia foi aconselhado pelo diretor de sua faculdade a tirar uma licença e passar alguns meses longe da universidade. Não havia clima para ele circular pelo campus. Já afastado, Canaglia divulgou uma nota para se defender. O professor negava ter cometido um estupro e se escorava na conclusão da investigação policial para confirmar sua versão. Ele lamentava a forma como o caso fora divulgado e dizia esperar que a questão se esclarecesse o mais rápido possível.

Dias depois, o professor, que fora transformado em um símbolo da luta contra o abuso sexual na academia brasileira e motivou diversos protestos em variados campi naquele ano, aceitou um dos inúmeros pedidos de entrevista que vinha recebendo. Se dizendo "à base de antidepressivos", Canaglia admitiu que manteve relações sexuais com uma aluna dentro da reitoria da universidade, mas garantiu que o ato fora consensual. Apesar disso, ele se dizia arrependido do que fez e afirmava que, se pudesse voltar no tempo, não teria sucumbido ao desejo.

Mesmo livre da acusação de estupro, Canaglia seguia enfrentado na Justiça uma acusação de assédio sexual. Sara tinha menos de 18 anos e sua família alegava que o professor se valera de uma posição de superioridade para seduzir a menina. Era o fim da carreira acadêmica do aspirante a reitor, pelo menos na Universidade Nacional do Brasil. Os rumores davam conta de que Canaglia conseguira transferência para uma universidade em Portugal. Assim como Sara, ele também sumiu das redes sociais e nunca mais foi visto na Universidade Nacional do Brasil.

***

Quer dizer que aquele filho da puta tinha forçado Sara a transar? Francisco não sabia o que pensar sobre aquela história. Se tivesse notado que a menina resistia a se entregar debaixo daquele canalha, o jovem apaixonado teria entrado dentro da cabine de comando do auditório e salvado sua amada das garras do estuprador. Mas, do ponto de vista de Francisco, Sara parecia estar participando do ato, como disse Canaglia na entrevista.

Talvez o estupro tenha ocorrido depois que Francisco foi embora. Ela não queria mais, tinha se arrependido de deitar com ele ali, e o professor forçou a barra. Não era assim que acontecia? Pelo menos era o que Júlia dizia. E ela sabia muito mais do que Francisco sobre essas coisas. Talvez aquilo que Francisco presenciou já fosse um estupro, mas o susto, o ciúme, a inveja ou tudo isso junto tinham confundido seus sentimentos e embaralhado sua percepção. Não é porque Sara parecia ter ido voluntariamente ao encontro de Canaglia, como todas as testemunhas consultadas pela polícia haviam relatado, que o estupro denunciado pela menina não tinha ocorrido. Só sabe o que aconteceu quem está dentro do quarto — ou da cabine de comando do auditório da reitoria. E, mesmo assim, mesmo sob a proteção da dúvida e da incerteza, todo esse raciocínio, toda a divagação acerca do ocorrido, esmagava ainda mais o jovem sob o peso da culpa de não ter feito nada; de não ter derrubado aquela porta com um pontapé certeiro e arrancado sua donzela indefesa dos braços daquele homem que ela obviamente não poderia amar, pelo qual ela obviamente não poderia se sentir atraída.

E o que todo esse sofrimento de Francisco interessava diante do sofrimento por que Sara devia estar passando? Ele só pensava em encontrar uma forma de se aproximar da menina, para compensá-la pelo que não fez naquela noite de sábado e consolá-la eternamente. Mas nem Júlia tinha acesso a Sara. E era preciso respeitar a decisão da vítima, Júlia dizia a Francisco, que vez ou outra alterava seu caminho ao voltar da universidade para casa e passava pela região onde moravam os pais de Sara, na esperança de topar com a menina fortuitamente e abraçá-la por longos minutos enquanto as lágrimas de ambos molhariam suas roupas, prenunciando um futuro melhor para os dois, juntos enfim e para sempre.

"Ela já passou por muito sofrimento. Quem sabe um dia

nossa Sarinha não volta e a gente se encontra de novo? O melhor que a gente pode fazer pela nossa amiga agora é combater o machismo, para garantir que isso não aconteça com mais nenhuma mulher", aconselhava Júlia, puxando Francisco de volta para a realidade, na época em que os dois ainda dividiam a cama.

Francisco não se preocupava tanto assim com as mulheres — com a exceção de sua mãe e de Sara —, mas sabia que se unir aos protestos contra o machismo e o abuso sexual na universidade poderia lhe render frutos. Foi pintando símbolos e palavras de ordem nos corpos de jovens seminuas que Francisco conheceu e se aproximou de Joana, uma estudante de química que tinha por hobby produzir as próprias drogas. A relação entre os dois foi breve e terminou depois que Francisco ingeriu metade de um comprimido elaborado por Joana e iniciou um viagem pelo deserto do Saara na qual teria de fugir de um exército de beduínos — o que só conseguiu fazer quando Angelina Jolie, vestida de Lara Croft, foi ao seu resgate pilotando um helicóptero. Quando acordou, sujo pela caixa de areia do gato de Joana, o jovem ficou sabendo que tinha dormindo durante 15 horas seguidas no sofá da sala da menina, que morava em um amplo apartamento graças aos rendimentos de seu hobby.

A defesa dos direitos das mulheres dava a Francisco o benefício de dormir com algumas delas, mas isso não era mais suficiente para alguém que tinha sentido o gosto do poder. Sua fama pelo campus diminuía à medida que a ocupação da reitoria envelhecia. Se pretendia seguir relevante no meio universitário, e não apenas como mais um coadjuvante de uma luta que não era sua, o jovem precisava conseguir algum protagonismo na vida política da universidade. A eleição de uma nova chapa para o DCE, que se aproximava, parecia a oportunidade perfeita. Tudo que Francisco precisava fazer era bater a imbatível chapa de reeleição de Gabriel.

***

A Chapa 2, Nova Revolução, era encabeçada por Francisco

e tinha Júlia e o poeta sem-teto Carlos como seus principais diretores. Apesar da empolgação de todos os envolvidos, estava claro que a Chapa 1, que Gabriel nomeara Revolução Permanente e que contava com o apoio de partidos políticos de esquerda, só perderia a disputa se ocorresse um desastre. E ele ocorreu.

Além do processo eleitoral para a sucessão na reitoria e da acusação de estupro contra Augusto Canaglia, uma denúncia de racismo na Casa do Estudante mobilizaria as atenções da universidade naqueles meses. A presença de um grupo de alunos africanos vinha causando desconforto no alojamento universitário. Composto por filhos de diplomatas e por alunos transferidos de intercâmbio, o grupo de estudantes estrangeiros fazia parte de um estrato social que não se encaixava no perfil dos brasileiros que moravam na Casa do Estudante. Os jovens de países como Guiné Bissau, Angola e Moçambique vestiam roupas de marca e dirigiam carros de luxo em um campus por onde a maioria dos alunos do periférico alojamento universitário estava acostumada a caminhar a pé durante longos minutos até chegar aonde queria — ou a esperar por quase uma hora pelos ônibus que deveriam circular a cada meia hora pela universidade. A tensão era reforçada pelas festas em que os segregados africanos se divertiam ao longo da madrugada, para a irritação dos vizinhos que não tinham sido convidados. O caso ganhou relevância fora do alojamento depois que surgiram pichações de cruzes na porta de três dos quartos ocupados pelos estrangeiros junto com a inscrição "Morte aos playboys africanos".

As ameaças foram denunciadas pelos estrangeiros à reitoria como um ato de racismo. O caso permaneceria sendo tratado pela administração da universidade internamente, sem qualquer alarde, não fosse pelo incêndio que quase destruiu os três apartamentos em questão. O fogo só não machucou ninguém porque os estrangeiros conseguiram escapar pela janela para dormitórios contíguos.

O incêndio foi tratado como criminoso pela polícia

desde o início. As chamas tinham sido provocadas por toalhas embebidas de um líquido inflamável, que haviam sido empurradas por debaixo das portas dos três apartamentos. Além disso, todos os extintores de incêndio do terceiro andar, onde moravam os estrangeiros, tinham sido esvaziados. As labaredas só foram extintas com o auxílio dos extintores dos outros andares. O caso pautaria tanto a eleição para o novo reitor quanto a disputa pelo comando do DCE.

Grupos de defesa dos negros organizaram protestos, com Gabriel novamente como um dos protagonistas. Eles pressionavam a reitoria a garantir segurança não apenas aos africanos, mas a todos os estudantes negros, que estavam evidentemente sob risco. No maior dos protestos, cerca de 60 estudantes forçaram a entrada em uma reunião que o reitor *pro tempore* Loureiro Peixada comandava no auditório do antigo cinema e exigiram que ele pedisse desculpas aos africanos em nome da universidade.

Em cima do palco, os manifestantes exibiam cartazes para protestar contra o racismo e a xenofobia e entoavam palavras de ordem: "BRASIL! ÁFRICA! AMÉRICA CENTRAL! A LUTA DO NEGRO É INTERNACIONAL!" e "PODER! PODER! PODER PARA O POVO! QUE O PODER DO POVO VAI FAZER UM MUNDO NOVO!". A reunião acabou suspensa e substituída por um debate comandado pelos manifestantes. Um dos alunos africanos discursou com seu sotaque carregado, aos gritos, para dizer, indignado, que eles não tinham sido vítimas apenas de racismo e xenofobia. Aquilo tinha sido um ato de terrorismo.

"Vocês acham que a partir de agora o estudante africano sai da biblioteca e caminha tranquilo até a Casa do Estudante? ESTÃO ENGAAANADOS!", desabafava o africano.

Os discursos foram se seguindo até Peixada pedir a palavra. O reitor disse lamentar tremendamente tudo aquilo que estava acontecendo na Casa do Estudante e prometeu solucionar todos os problemas. Segundo ele, a universidade de fato devia um pedido de desculpas aos africanos e aos negros, e não apenas por conta daquele episódio lamentável. O que estava em questão eram anos de desleixo da Universidade Nacional do Brasil com o povo negro. Aquilo precisava ser corrigido rapidamente.

O pedido público de desculpas acalmou os manifestantes, que estavam preparados para o confronto com o reitor. Os estudantes africanos fizeram uma série de exigências de segurança e Peixada se comprometeu a cumprir todas elas, ainda que não soubesse como fazê-lo — nisso ele pensaria depois que a confusão fosse desarmada. O grupo de manifestantes se desmobilizou naquele início de noite, mas essa história ainda teria influência direta na disputa pelo DCE.

Por fazer parte do movimento negro, morar da Casa do Estudante e participar com protagonismo de mais um protesto, Gabriel ganhava ainda mais vantagem política em meio à comoção racial que tomou conta da universidade. Sua reeleição à presidência do DCE, já dada como uma barbada, agora era tida como certa. Até que Francisco descobriu um indício de que o ex-morador de rua poderia estar entre os envolvidos no incêndio do alojamento estudantil.

Gabriel não participara diretamente daquilo que a polícia investigava como tentativa de homicídio, mas trechos do vídeo de segurança da noite do ataque mostravam o presidente do DCE circulando com os suspeitos de atear fogo aos quartos. Francisco soube da informação ao apurar a história do ataque para sua aula de jornalismo online. O aspirante a repórter deu a sorte de passar pela Casa do Estudante no momento em que o porteiro e o zelador dos prédios assistiam às imagens das câmeras de segurança do dia do incêndio. A gravação havia sido entregue para a polícia, mas o porteiro, curioso, guardou uma cópia e tentava desvendar com o zelador o que tinha ocorrido naquela madrugada. Francisco demostrou interesse pelo assunto aos funcionários da Casa do Estudante e os animou a explicar em detalhes o que eles já tinham visto. Não havia câmeras nos corredores dos dormitórios, para preservar a intimidade dos moradores, mas o térreo e as entradas dos prédios eram monitorados. Foi em uma dessas imagens que Francisco identificou Gabriel junto com os cinco estudantes suspeitos de atear fogo nos quartos. Os jovens carregavam toalhas e um galão com o líquido que a polícia imaginava ter sido usado para provocar o incêndio. Francisco perguntou se poderia fazer uma cópia do vídeo em seu pen drive. Não pareceu uma boa ideia ao porteiro.

"Ninguém vai saber", garantiu Francisco, explicando-lhe o conceito de sigilo da fonte. Além do mais, argumentou o estudante, a polícia não ia gostar de ficar sabendo que o porteiro e o zelador estavam fuçando nos registros de segurança por conta própria.

Esse argumento levou Francisco e os funcionários da Casa do Estudante a fechar um acordo em troca da cópia do trecho em questão: ninguém viu nada. Francisco levou o material para casa e escreveu sua reportagem: "Presidente do DCE envolvido em incêndio na Casa do Estudante".

Antes de seguir para publicação no site da disciplina Jornalismo Online, o texto passou pela edição de uma monitora. Devido à gravidade da acusação, uma cópia impressa da reportagem foi parar na mesa da professora. As duas responsáveis pela disciplina argumentaram com Francisco que não era possível dizer, pela imagem retirada do vídeo, que Gabriel estava envolvido no incêndio. Além do mais, era preciso dar voz ao próprio Gabriel antes de publicar a notícia.

Francisco retrucou que, se eles não publicassem a matéria logo, algum grande jornal poderia fazê-lo. Eles se arriscavam a perder o furo. Faltavam três dias para a votação do DCE. Era preciso publicar aquilo logo, mesmo sem falar com Gabriel, argumentava o jornalista iniciante. A professora não permitiu. Contrariado, Francisco se comprometeu a consultar o presidente do DCE antes de divulgar a matéria, mas publicou o texto em seu blog, O Revolucionário, no qual vinha postando seus trabalhos como repórter. O título dizia "Presidente do DCE da UNB envolvido em incêndio na Casa do Estudante". Enquanto pedia a um colega que questionasse Gabriel sobre seu envolvimento no caso — para evitar o constrangimento de confrontar o adversário político e sob a promessa de que os dois assinariam o furo de reportagem juntos —, Francisco enviou o link da matéria publicada em seu blog para todos os jornais que conhecia. Naquele mesmo dia, a notícia de que o presidente do DCE da UNB estava envolvido em uma tentativa de homicídio se espalhou pela imprensa e, consequentemente, pelo campus.

Gabriel negou naquela noite ao colega de Francisco, por telefone, que tivesse qualquer participação no incêndio. A matéria de Francisco seria publicada no dia seguinte no site Campus Online, sem a exclusividade planejada — o que o estudante sadicamente fez questão de lembrar à professora e à monitora que lhe furtaram o furo, ao celebrar que eles tinham "dado a história de forma mais responsável do que os grandes jornais" —, com o título "Presidente do DCE pode estar ligado a incêndio na Casa do Estudante".

A imprensa em geral não foi tão branda e reproduziu a informação passada por Francisco associando diretamente Gabriel ao crime. Ameaçado em seu favoritismo, o líder estudantil aproveitou como pôde os recursos do DCE para se defender das suspeitas. Admitiu em notas e entrevistas ter encontrado os suspeitos do crime naquela noite, mas disse que estava tentando demovê-los da ideia de queimar os dormitórios dos africanos. Gabriel alegava que a origem daquela denúncia tinha cunho político, que fora feita por um concorrente direto ao comando do DCE.

O pobre militante chegou a dizer que estava sendo vítima de racismo ao ter seu nome envolvido no incêndio da Casa do Estudante, mas o contexto não o favorecia. Nenhum dos argumentos de Gabriel foi o bastante para sustentar sua candidatura de reeleição ao DCE. O ex-morador de rua acabaria ficando de fora da acusação policial ao fim do inquérito, concluído se-manas depois, por falta de provas, mas as suspeitas que pairaram sobre ele na reta final da campanha desgastaram sua imagem de forma irreversível. Na época, chegou-se inclusive a colocar em questão se ele tinha mesmo morado na rua antes de ser aprovado em pedagogia e se de fato sustentava uma avó que trabalhava de empregada doméstica no interior. Até a cor de sua pele foi posta em dúvida.

O caminho estava livre para Francisco. E ele precisaria apenas lidar com a inexpressiva, ainda que incômoda, candidatura da Chapa 3. A chapa UNB Livre era encabeçada por seu amigo Eduardo, que passou a se interessar pelas ideias da economia liberal após frequentar a aula de Introdução à Economia do professor Gustavo Prudente. Eduardo se uniu a Marcos Vinícius e a Murilo Prachedes, os inimigos colegiais de Francisco, para apresentar o que o grupo classificava como "a primeira candidatura de direita ao DCE da UNB". O grupo tinha outros quatro membros e não chegaria nem de longe a ameaçar a eleição da Chapa 2, mas conseguiu incomodar Francisco. Depois de a Chapa 1 sair do páreo, surgiram pelo campus cartazes que diziam "Chapa 2 não cheira bem".

Como assim?! Marcos Vinícius tinha lembrado de Cheiroso? Ou nunca esqueceu daquele apelido e fingiu desconhecer Francisco quando Eduardo os apresentou? Ou foi Murilo Prachedes que lembrou — ou nunca esqueceu? Sim, devia ter sido ele, ainda atuando como o fiel escudeiro do canalha dos apelidos... Bem, talvez aquela acusação de não cheirar bem não tivesse nada a ver com o passado de Francisco. Os adversários estavam apenas criticando a denúncia que abateu a Chapa 1... Era isso. Por que aqueles palhaços não eram mais diretos? Era só dizer que Francisco tinha jogado sujo... E ele responderia que não fez mais do que cumprir seu dever como jornalista. Seria fácil rebater. Mas não, os adversários deixavam no ar aquele tormento do passado e torturavam Francisco com a dúvida. E seguiram lhe torturando durante o último debate antes da votação.

Gabriel teve coragem o bastante para comparecer ao debate. Apesar do apoio empolgado de militantes de partidos políticos na plateia do auditório, com bandeiras e palavras de ordem, seu discurso se esvaziara. Só lhe sobrou pedir a confiança dos estudantes, com base em tudo o que já tinha feito por aquela universidade, e reclamar da falta de caráter daqueles que o "acusavam de ter atentado contra a vida de irmãos negros".

Francisco não se abalou. Disse que queria um debate propositivo. Para ele, a juventude brasileira já não queria mais ser "domesticada" por partidos políticos, e a esquerda precisava se unir contra uma onda conservadora que ameaçava interromper os avanços por que o país tinha passado. Francisco prometia lutar por refeições gratuitas para todos os estudantes no restaurante universitário. Prometia também aumentar o valor das bolsas de pesquisa e do auxílio para os estudantes carentes. Seria difícil conseguir aquilo? Claro. Mas os estudantes tinham conseguido derrubar um reitor meses antes. Se preciso fosse, derrubariam outros até conseguir tudo aquilo que consideravam justo.

Eduardo repetiu por várias vezes ao longo do debate que tudo aquilo não cheirava bem == "há algo aqui que não cheira bem, vocês conseguem sentir?". De onde ia sair aquele dinheiro todo? Quantas pessoas são necessárias para derrubar um reitor? Ele prometia mais segurança no campus, mas "não por meio da expulsão da PM". Sua proposta era que a universidade trabalhasse junto com a polícia. Se queriam comida mais barata, talvez o DCE pudesse fechar parcerias com restaurantes. Era preciso "pensar fora da caixa".

O debate esquentou quando o cabeça da chapa liberal disse "àquele que passara a considerar como ex-amigo" que Francisco tinha sido vítima de uma lavagem cerebral. Era muito estranho ouvir seu antigo amigo dizer aquelas coisas bonitas sobre a humanidade e a sociedade. Seu velho parceiro de jornalismo nunca tinha se preocupado com aquelas coisas até se interessar por uma menina que frequentava o mo-vimento estudantil.

Francisco gritou "QUE BAIXARIA" e o debate se transformou em um festival de troca de acusações. Francisco dizia que Eduardo e seus amigos queriam entregar a universidade ao capital financeiro, privatizar o ensino público e concentrá-lo nas mãos de uma elite. E questionava: como Eduardo conseguiria tempo para cuidar dos interesses dos estudantes, se tinha dado um "jeitinho" de estagiar para "a grande mídia" mais cedo do que o permitido? Eduardo retrucava, dizia que trabalhava porque precisava, diferente de quem já tinha nascido com a vida ganha, como a maioria daqueles que frequentavam o movimento estudantil. Ele também rejeitava o discurso de classe, porque todo mundo ali era elite, e dizia que o ensino já estava concentrado, mas na mão de uma burocracia partidária que impedia a educação brasileira de avançar. Eduardo prometia que tudo aquilo ia mudar. As pessoas estavam começando a acordar.

Para não ter de concordar com Francisco, Gabriel apenas assistiu à troca de ofensas. Não era mais protagonista, e poderia se dedicar exclusivamente ao projeto de formalizar a situação de sua amada Rose na Casa do Estudante. Ao final das discussões, Francisco ganhou a eleição. E perdeu um amigo.

***

Francisco recuperou a relevância política com a eleição de sua chapa para o comando do DCE. Tinha virado uma referência ins-titucional. Desempenharia papel determinante na eleição do reitor e passaria a contar com ainda mais compreensão de seus professores na hora de entregar trabalhos e fazer provas, pois estava sempre muito ocupado cuidando dos problemas dos estudantes. Seu jardim de pretendentes voltara à fase primaveril e ele fazia de tudo para manter as flores vistosas, apesar da falta de exclusividade.

Para Catarina, Francisco proporcionou uma exposição, com direito a coquetel de abertura, para expor as fotos de Dormidores de Rua. O jovem ajudou a menina inclusive a caçar pelas ruas da cidade os mendigos que ela fotografara. No dia da abertura, apenas um deles apareceu, barbeado, de cabelos cortados e com roupa nova, tudo cortesia da fotógrafa. De tão bem vestido, José mal seria notado entre os frequentadores do coquetel, não fosse o cheiro de suor acumulado em seu corpo, que o distinguia no meio dos professores e estudantes. José comeu salgadinhos, bebeu refrigerante e, incentivado pelos presentes, arriscou um discurso, que começou versando, para a comoção de todos os presentes, sobre a liberdade de morar na rua, e acabou com a denúncia, para o constrangimento geral, de que ele vinha sendo perseguido há quatro anos por uma operação que unia a CIA e a KGB. Era por isso que ele precisava sair correndo dali. Na fuga, José encheu os bolsos de seu blazer novo de salgadinhos e arrancou sua foto da parede, para não deixar rastros.

Foi também pensando na preservação de seu jardim que Francisco frequentou junto com Juliana, uma amante da literatura que ele conheceu durante as aulas de modernismo na Faculdade de Letras, a apresentação de uma série de trabalhos de conclusão de curso no Departamento de Literatura, entre eles "O machismo na Música Popular Brasileira: uma análise do discurso, de Noel Rosa a Chico Buarque de Hollanda" e "Apropriação indébita: como o opressor se apropria do discurso do oprimido na literatura brasileira e por que apenas as minorias deveriam escrever sobre elas mesmas".

Com o passar do tempo, tendo tirado o atraso na cama com tantas mulheres, Francisco perceberia que a política podia lhe render mais do que sexo. O comando do DCE lhe atribuía uma relevância com a qual ele nunca havia sonhado. O conselho universitário precisava ouvir sua opinião. A União Nacional dos Estudantes estava interessada no que ele tinha a dizer. A imprensa lhe cobrava posicionamentos. E Francisco foi natu-ralmente acreditando que era de fato relevante. Ninguém nunca havia ocupado aquele posto como ele, com tanta determinação, com tanto interesse, com tanta segurança, com tanta graça. Francisco estava no comando. Seus colegas eram bons, mas, como o jovem calouro suspeitara meses antes, ao começar a frequentar o movimento estudantil, ele era melhor. E só há um caminho a ser percorrido pelos melhores, pelas pessoas capazes de mudar o mundo, por aqueles que são iluminados a ponto de conseguir antever os rumos de sua comunidade, da sociedade, da humanidade. A política chamava Francisco para além da universidade. E ele estava disposto a se entregar a ela.

Sara Ferreira Seixas

Eu resolvi chamá-lo Francisco. A doutora Eckhart disse que dar um nome vai me ajudar a encarar o fato de ele não ter nascido. Ela também disse que escrever este diário deveria me fazer bem. A doutora Eckhart parece saber o que faz, cheia de diplomas na parede do consultório, mas talvez ela seja muito velha para entender que ninguém mais escreve diários. Deve ser difícil conseguir um título de PhD. Eu acho.

Existem coisas que não podem ser ditas em público, eu sei, doutora, eu já aprendi. E pelo menos por aqui eu ainda posso escrever em português. Tentar superar o passado em inglês é mais difícil, mas papai queria o melhor para mim. E eu ainda posso aprimorar o inglês. O plano é melhorar o inglês na terapia. E ainda é bom para os negócios. Quanto tempo os negócios precisam que eu passe por aqui, pai? Claro que você não vai me responder. Não tem resposta.

Papai sempre quer o melhor pra mim. E para os negócios. Os negócios não gostam de abortos. A melhor universidade na melhor cidade do mundo, ele me prometeu. E agora estudando o direito, as leis, como ele sempre quis. Um belo apartamento em Manhattan, com uma bela vista para o Central Park, e você recomeça a sua vida, sem as antigas amizades que te faziam mal, fora das intrigas das redes sociais. Nós recomeçamos a sua vida. Você recomeça a minha vida, pai. E a minha vida recomeça a partir da morte de uma outra vida.

Sempre me disseram que era só um feto, que não tinha vida até o cérebro se formar. Isso não deveria ser tão difícil assim. O que mudou? Aconteceu. Meu corpo segue o mesmo (segue? ainda é meu? já foi meu?), minhas regras não valem mais. As regras mudaram. Eu não faço as regras. Outro corpo começou dentro de mim e eu terminei com ele. Sem sequelas, o médico garantiu. O médico não sabe nada sobre sequelas.

Quer dizer que um poema pode me salvar, doutora Eckhart? "We are seven", William Wordsworth. A garotinha tem cinco irmãos vivos e dois mortos, enterrados no cemitério perto da igreja. Mas ela continua dizendo que tem sete irmãos.

> *"But they are dead; those two are dead!*
> *Their spirits are in heaven!"*
> *'Twas throwing words away; for still*
> *The little Maid would have her will,*
> *And said, "Nay, we are seven!"*

É bonito, doutora, mas talvez a senhora não tenha notado que fui eu quem matou o meu filho. Não é exatamente um consolo saber que ele vai existir para sempre. Isso eu percebi no momento em que confirmaram que ele estava dento de mim. Vocês devem estar mais acostumados com isso por aqui, nos Estados Unidos. Mas eu não consigo esquecer. Talvez quando eu tiver um filho de verdade. Talvez, quando eu tiver um filho, vai ser ele que vai nascer, o Francisco, esse mesmo que não nasceu agora, que vai ficar guardado dentro de mim até o fim da próxima gravidez. Talvez a gravidez só acabe mesmo quando o bebê nasce. Quando um bebê nasce. Ele nem tinha se desenvolvido tanto assim. E vai permanecer guardado dentro de mim até eu decidir quando ele deve sair. A senhora acredita, doutora? Nem que seja só pra me fazer bem, a senhora acredita? Eu não consigo acreditar.

Eu tento avançar, mas sou puxada lá para trás, para aquela noite na reitoria. Sem a gravidez, meu pai não saberia de nada. Sem a gravidez tudo seria apenas um erro, e não uma morte. E ninguém saberia daquele erro, ou se alguém soubesse a gente poderia negar, palavra contra palavra. Meu pai achou que era impossível uma menina de 17 anos querer transar com um homem de mais de 40. Barrigudo, careca. Era preciso denunciar. Aquilo tinha sido um estupro. Aquilo era assédio. Eu não sabia o que dizer. Eu não sabia o que pensar. Eu não devia estar grávida. E nós fomos à delegacia. E nós fomos ao hospital. E a Júlia disse que era nosso dever expor o estuprador, para ele não fazer o mesmo com outras mulheres. Eu disse para ela esperar. Calma, Júlia, a polícia vai cuidar disso. Não mexe com essa história.

Mas a polícia não cuidou. E a Júlia não conseguiu segurar. Eu entendo ela, não culpo. A culpa é toda minha. É claro que eu tomo anticoncepcional, Augusto. Sempre funcionou. Camisinha para quê?

Eu tinha raiva do bebê. Porque ele me denunciou. Por que ele me denunciou? Por que ele não poderia ter esperado mais algum tempo? Por que tinha de chegar tão cedo? Por que tanta pressa? Para que começar o próprio caminho tão cedo e terminar com o meu tão rápido? Eu não tinha escolha, meu pai disse. O que eu ia fazer com um bebê aos 17 anos? Ainda mais o bebê de um professor de merda, um vagabundo de um professor de filosofia barata. Calma, pai. Eu gosto dele. Não gosta nada, esse pilantra te seduziu. E já deve ter seduzido outras meninas. Você acha que é só de você que esse malandro deu em cima? Que é só você que ele comeu, Sara? Pai, não fala assim, por favor! Você é só uma das meninas dele, e você sabe disso. Esse canalha deve estar cheio de filho por aí. Pai, assim você me machuca, para de falar essas coisas. A gente vai pra delegacia agora e você vai dar queixa, depois a gente resolve a gravidez. O mais importante é fazer o calhorda pagar pelo que ele fez. Desta vez ele deu azar, porque mexeu com uma menina que tem pai. Você é uma menina de família, Sara! Você merece respeito, minha filha. Eu não vou deixar ninguém te machucar, filhinha.

Eu devia saber o que estava acontecendo. Desculpa, pai. Deu tudo errado, eu me deixei envolver. Ele era tão inteligente. Ele era tão bom. E eu nem gostei. Eu estava assustada. Mas ao mesmo tempo era tão empolgante. Eu me sentia tão desejada e eram tantos poemas bonitos, tantas ideias maravilhosas. Eu não sabia... Obrigada, pai. Eu sei que você quer o melhor para mim. Será que um dia as coisas vão voltar a ser como eram antes? Ou pelo menos um pouco melhor do que essa desconfiança que abriu um abismo entre a gente? Quando a filha perde a inocência, o pai perde a inocência junto com ela. Mas você já não me pegava no colo, pai. As coisas já tinham mudado.

Não precisa me olhar assim no Skype. Com esse olhar de pena. Eu também estou triste. Ainda. Mas vai passar, certo? Fala comigo, pai. A gente precisa conversar. A doutora Eckhart disse que a gente podia se ajudar. O consultório dela é tão bonito... Não está tudo resolvido. Eu quebrei, pai. Eu queria te dizer isso. Como eu digo isso? Eu preciso dizer para você perceber? Eu sei que vocês sabem que eu estou quebrada. A mamãe finge melhor do que todo mundo. Mas eu sei que ela tem raiva de mim. Ela tem raiva e inveja. Ela sempre teve inveja. E ela deve estar gostando de tudo isso. O homem da casa é só dela de novo. E da filhinha pequena, da Carolina, que não oferece perigo ainda. Eu não atrapalho mais, mãe. Pelo menos nisso eu não atrapalho mais. Mas a raiva dela não diminui. Eu não sinto a raiva dela diminuir. Pelo menos você me deixou nascer, certo, mãe? E eu te neguei um neto. É isso? Eu ainda posso dar quantos netos vocês conseguirem sustentar. Eu ainda sou muito mais jovem que você. E mais bonita. Mesmo quebrada.

Querido diário (que coisa mais brega), você gosta de mim? Ninguém gosta mais de mim. Eu não gosto de mim. Você diria não ao seu pai? Eu podia ter salvado a carreira do Augusto. Eu podia ter salvado a vida do meu filho. E quem ia me salvar? A igreja pode me salvar. São os panfletos daqueles esquisitos do metrô que dizem. Eles parecem tão tristes, não dão um sorriso. Também abortaram? Eles entregam esses panfletos pra todo mundo ou só pra quem está podre por dentro, queridíssimo diário? Eles conseguem me ver por dentro, doutora Eckhart? A senhora consegue ver? Tem conserto? Talvez um dia eu entre na igreja. Eu e o bebê morto. O bebê morto-vivo. Depois de tomar um café no Starbucks, não, melhor no Sarabeth's, eu e o bebê morto-vivo vamos passar na igreja, rezar um pouquinho, e depois a gente vai dar uma volta no parque. O bebê morto-vivo no High Line, assistindo aula comigo em Columbia. Ele fica quietinho, professora, não vai atrapalhar. Ele só chora dentro de mim.

Depois da aula a gente passa na Toys "R" Us e compra um urso de pelúcia, pra você se acalmar. Está chegando o Natal e já tem um monte de gente triste andando pelas ruas felizes, as ruas coloridas, iluminadas, barulhentas. Quantos ursos de pelúcia você quer para me perdoar, bebê morto-vivo? O bebê morto-vivo e a mamãe zumbi. Quer ir brincar no parque perto da universidade com as outras crianças? Eu nunca vou te abandonar. Você também promete, eu sei, não precisa falar. Como a gente poderia se separar se você vai continuar aqui dentro para sempre? Uma cicatriz eterna. Eu só queria te esquecer por algum tempo. Como a gente faz? Vai passear, bebê. Talvez quando você crescer... Daqui a 18, 19 anos você sai de casa, como eu fiz. Ou você ainda vai estar por aqui quando tiver 30 anos? Os filhos têm saído mais tarde de casa. Você é desses, Francisco? Fala comigo.

A esperança morre junto com a nossa primeira vítima, doutora Eckhart? Eu acho que este diário não vai servir para nada.